# EL COLAPSO DE LAS HABANAS INFINITAS

**Erick J. Mota** (Ciudad de La Habana 1975). Licenciado en Física por la Universidad de La Habana. Ganador de todos los premios de Ciencia Ficción que se otorgan en Cuba. También resultó ganador del Premio TauZero de Novela Corta de Fantasía y Ciencia Ficción 2008 en Chile. Ha publicado la novela corta *Bajo presión* (2008), la colección de cuentos *Algunos recuerdos que valen la pena* (2010) y el libro *Habana Underguater* (2010). Relatos suyos han aparecido en diferentes revistas y antologías.

Erick J. Mota

# EL COLAPSO DE LAS HABANAS INFINITAS

De la presente edición, 2017

© Erick J. Mota
© Editorial Hypermedia

Editorial Hypermedia
www.editorialhypermedia.com
www.hypermediamagazine.com
hypermedia@editorialhypermedia.com

Edición y corrección: Editorial Hypermedia
Diseño de colección y portada: Herman Vega Vogeler

ISBN: 978-1-948517-31-7

# LA ESTACIÓN

Después de años de letargo, La Estación despertó.

Contemplaba el tiempo en órbita alta sobre el planeta.

Estaba allí desde antes del primer Sputnik. Permaneció inmutable mientras las naves Vostok llegaban a la órbita baja, cuando las Apollo salieron a la órbita de transferencia rumbo a la Luna. Sus sensores de largo alcance percibieron las Salyut, las estaciones Almaz y la Skylab. Se mantuvo hibernando mientras llegaban satélites de comunicación, meteorológicos y espías.

Pero no fue hasta que la órbita alta comenzó a llenarse de satélites geoestacionarios que la Estación despertó por vez primera. O al menos, se desperezó un poco. Su fuente de energía comenzó a alimentar los motores de mantenimiento para desplazar su posición, solo unos cientos de kilómetros más arriba, en medio de la basura cósmica. Un campo de fuerza, cuya emisión de ondas electromagnéticas era convenientemente atenuada por el cinturón Van Allen, protegía la Estación de los impactos de los viejos satélites que conseguían colisionar con ella. Y como la chatarra espacial no es operacional, los humanos siguieron con sus vidas sin percatarse de su existencia.

Se mantuvo en el mismo punto sobre la Tierra un buen par de décadas. Aguardó, por encima de los satélites geoestacionarios de órbita alta, de los NAVSTAR y los GLONASS que prestan servicio GPS en la órbita media y de la Mir y la ISS, en la órbita baja. Monitoreaba, desde su retiro en lo profundo de la órbita cementerio, cada órbita de transferencia, cada sonda que partía lejos de la Tierra, así como cada nuevo artefacto que se ponía en órbita. Permaneció alerta, pendiente de la actividad humana, mas nunca vio comprometida su posición.

Había permanecido oculta a la humanidad gracias al hecho de estar lo suficientemente cerca como para no ser encontrada por los encargados de localizar actividad extraterrestre.

Cuando en su interior se activó el extremo final de un puente Einstein-Rosem la Estación volvió a despertar. Toda la energía de su núcleo fue dirigida a los amplificadores que convirtieron aquella mínima singularidad en un portal de paso estable. El gas noble que mantenía los equipos preservados en una atmósfera inerte fue reemplazado por una mezcla de gases con base en el nitrógeno y rica en oxígeno, muy similar a la atmósfera del planeta. La presión ascendió hasta los mil hectopascales.

Cuando las cinco personas atravesaron el umbral del puente Einstein-Rosem encontraron que el ambiente dentro de la Estación era muy similar al de la Tierra.

Las luces se encendieron apenas llegaron.

Los visitantes vestían escafandras tipo Orlán, como los cosmonautas de la vieja Unión Soviética. Apenas pusieron un pie en la Estación, los trajes espaciales comenzaron a pesarles tanto que todos cayeron al suelo. Por radio les llegó la voz del oficial científico de la expedición.

—Nadie intente moverse. Las escafandras fueron diseñadas para la impesantés. Al parecer aquí hay algún tipo de generador gravitatorio. Si la gravedad aquí es, como me temo, de solo de 1g. Nuestros trajes pesan ahora unos 95 kilogramos.

—¡Mierdas rusas! No sabían construir nada liviano —dijo alguien.

—Modera tu lenguaje, Zamora —dijo con voz autoritaria el jefe de la expedición—. Estos son los mejores trajes para exploración espacial que existen. Los tienen hasta en la ISS.

—Son trajes rusos de los setenta, Bacallao. Son buenos, es verdad. Posiblemente aguanten hasta bombas atómicas, pero pesan con cojones... y a mí no intentes dormirme con el cuento de las órdenes y la patria. Yo no soy ni uno de tus soldados, ni un muchachito impresionable graduado de ciencias. Sin ofender.

—No hay problema —dijo el oficial científico—. Estos trajes tienen una cosa positiva. Las mochilas de soporte vital son también esclusas de salida. En cuanto termine de analizar el ambiente les digo si podemos salir... bien, ya está. El aire y la presión son normales. Todo está tan limpio de bacterias como un laboratorio. Podemos salir.

Los expedicionarios abrieron desde dentro las esclusas de los trajes, luego de salir de las escafandras, se pusieron de pie y se estiraron. El puente Einstein-Rosem había desaparecido y solo permanecía iluminada la habitación en la cual estaban. La luz era blanquecina como las paredes sin ventanas. El lugar parecía construido de plástico, o algún otro polímero, en lugar de metal.

Cada uno llevaba una maleta hermética con equipamiento. El oficial científico comenzó a abrir el suyo. Dentro llevaba equipos de medición, una laptop, además de varias cámaras fotográficas y de video para documentar la expedición. Zamora era ingeniero y en su maleta solo llevaba una caja de herramientas bien surtida. Con todas las que el Ministerio de las Fuerzas Armadas podía pagar, y que cupieran en aquella valija de astronauta. Los soldados eran dos, uno llevaba la boina roja de las tropas especiales de las Fuerzas Armadas Revolucionarias. Era joven, no tendría ni 20 años, y en la manga de su uniforme llevaba el símbolo que daba nombre a su cuerpo élite. Una avispa negra sobre fondo verde. El otro pertenecía a las tropas de destino especial de la Marina de Guerra Revolucionaria. Tendría unos treinta años y había pasado la mayor parte de su vida como hombre rana, haciendo inmersiones en la plataforma costera. El indicativo de su división era una boina negra. Jamás imaginó ser asignado al espacio. Era un tipo que se conformaba con poco.

Ambos abrieron sus maletines. Dentro de cada una estaban todas las piezas para armar un fusil de asalto. Era un modelo viejo de AKM con culata plegable pensado originalmente para paracaidistas. Con movimientos mecánicos asociados a años de entrenamiento en el arme y desarme de los fusiles Kalashnikov los soldados montaron sus fusiles. Tomaron los cargadores y bajaron los seguros. Luego, con la destreza que solo da la repetición, se posicionaron apuntando a la única puerta existente en la habitación.

Bacallao era igualmente un militar, pero no de las FAR, sino del Ministerio del Interior. Su uniforme era de un color verde limón que deslucía junto al camuflaje del Boina Roja y el azul oscuro del Boina Negra. Poseía grados de teniente, lo que lo convertía en el oficial con más alto rango. Así que se comportaba como el jefe de la expedición. Comenzó a dar órdenes a todos mientras el oficial científico analizaba los resultados de sus mediciones y el ingeniero desarmaba el único panel de mandos junto a la pared. Había llegado la hora de dar el discurso que tenía planeado.

—Atiendan acá. Todos sabemos lo importante que es esta misión. Desde 1992 se han enviado siete grupos a esta Estación espacial. Ninguno ha regresado. En lo concerniente al Estado cubano, han sido dados por desertores. Por lo que sabemos de los datos de la base de rastreo de satélites en Santiago de Cuba, la Estación no ha entrado en fase operacional. Tampoco los americanos, los rusos o los chinos se han enterado de su existencia. Nuestra prioridad es averiguar qué les pasó a las expediciones anteriores y, en caso de ser posible, regresar con los traidores. ¿Entendido? ¿Cuál es el chiste, Zamora?

—Que estamos en una estación espacial, Bacallao. ¿A dónde van a ir estos desertores?

—Aún no lo sabemos…

—¿Entonces por qué afirmas categóricamente que desertaron? Si abrieron otro puente Einstein-Rosem o hallaron un transbordador alienígena y no han podido regresar es porque no han podido. Dudo que un planeta alienígena sea mejor que Cuba para que siete expediciones deserten así como así. A menos que hayan podido abrir un puente Einstein-Rosem hasta Miami, pero hasta ahora no se ha reportado nada parecido…

—¡Dejémonos de chistecitos, ingeniero! Cómo sea tenemos que averiguar lo que pasó. Esta expedición tiene que regresar. ¡Es un compromiso que tenemos con la nación!

Los militares asintieron en silencio y el científico titubeó antes de decir un cobarde «sí, compañero teniente». El ingeniero hizo un gesto como si nada tuviera remedio y continuó desmontando el panel.

—Nuestro segundo objetivo es averiguar todo lo posible sobre el origen y el manejo de esta instalación. Disponemos de una hora hasta que desde Punto cuarenta activen nuevamente el portal de paso. Oficial de ciencias, repórtese.

El oficial de ciencias era joven y parecía haber usado espejuelos desde la escuela primaria. Habló en un hilo de voz, como si estuviera en medio de un interrogatorio. Esta actitud generalmente ponía incómodos a sus interlocutores. Pero en el teniente Bacallao surtía un efecto diferente. Como oficial del MININT estaba acostumbrado a interrogar personas. En su vida era frecuente que el poder estuviera del lado de su uniforme por lo que le agradaba que los demás se comportaran como si estuviesen aterrados. Tal vez por esa misma causa era que lo irritaba el indiferente Zamora.

—Bueno, hasta ahora todo es tan normal como si estuviéramos en una estación espacial humana como la ISS o la Tiangong —comenzó a decir el oficial de ciencias mientras se aclaraba la garganta—. Salvo por el asunto de la gravedad. He hecho algunos experimentos rápidos y he determinado que aquí la aceleración de la gravedad es igual a la Tierra en su superficie. El aire es una mezcla se gases y rica en oxigeno pero a diferencia de las atmósferas en las naves espaciales esta…

—¡Al grano, científico, al grano!

—Quiero decir que estamos aquí como si estuviéramos en la Tierra. Nadie podría notar la diferencia. Algo así requiere mucha energía y una tecnología imposible para la humanidad en este momento.

—Magnífico. Nos concentraremos en encontrar ese generador de gravedades. Nuestro país ha pasado años y años de sacrificio. Hemos tenido que ceder terreno ante la economía del enemigo tras la caída de la Unión Soviética. Pero ahora la balanza cambiará. Con un generador de gravedad artificial, Cuba será finalmente una potencia a nivel mundial. Sargento, proceda.

Los soldados de tropas especiales abrieron la puerta y entraron en la habitación contigua. Las luces se fueron encendiendo a su paso. Cuando desaparecieron de la vista, Bacallao se acercó al Zamora en silencio. Este ya estaba montando nuevamente el panel de control del portal de paso.

—¡Óyeme bien lo que te voy a decir, Zamora! Me importa un carajo que seas un experto en tecnología alienígena. ¡Esta incursión la comando yo, y no voy a permitir ningún tipo de disidencia, ni de líderes negativos, ni...!

—¿Y qué me vas a hacer, Bacallao? ¿Meterme preso, darme un tiro? Tú no tienes cojones para eso. Estamos muy lejos de Cuba, y de toda la Tierra, como para preocuparme por lo que puedas hacerme. Aquí solo estamos tú y yo, como en la secundaria. ¿O es que ya olvidaste quién te salvaba de las palizas en la escuela? Así que hazme un favor. Deja de dar órdenes y vamos a ponernos a trabajar antes que te siente de un piñazo. Y ni se te ocurra usar a tus soldaditos con las AK en mi contra, que yo sí que no creo en tropas especiales, ni un cojón —ante el silencio de Bacallao Zamora pareció relajarse. Respiró hondo y comenzó a hablar pausadamente, como si se tratara de otra persona—. Mi reporte. Acorde a mi examen, no se abrirá otro portal de paso hasta dentro de una hora. Existe algo muy semejante a un mecanismo de relojería. Es diferente pero funciona igual y es totalmente analógico. No hay margen de errores o fallas de energía. El portal se abrirá como estaba previsto. Enlazará la base de Punto cuarenta con la estación. Y, al parecer, ha sido así las siete veces anteriores. Dos puentes Einstein-Rosem separados con una hora de diferencia entre ellos. Siete pares de puentes en veinte años. Nada antes de 1992.

—¿Cómo sabes eso?

—El sistema es extremadamente simple, guarda memoria. Es un ingenio tecnológico tan sofisticado como sencillo. Bello en su diseño y totalmente funcional. En una palabra, los Ingenieros que lo construyeron estaban fuera de liga.

—El misterio ahora es saber por qué razón los siete grupos anteriores no regresaron por el agujero de gusano —dijo el oficial científico—. Los niveles de dióxido de carbono son normales. Como si nadie hubiera respirado aquí dentro en años. Incluso esta atmósfera parece nueva. Si esas treinta y cinco personas desertaron, ¿dónde están ahora?

—Encontrarles nuestra tarea ahora, compañero —dijo Bacallao.

—Todo despejado, compañero teniente —dijo el Boina Negra que llegó con su arma apuntando al piso—. Este lugar posee al menos tres pisos y dos compartimentos gemelos, al parecer para alojar tripulación. Hay dos escaleras, una en babor que asciende y otra en estribor que desciende. No hay consolas, mandos o botones que indiquen que el compartimento de mando se encuentre en este nivel. En la esclusa más amplia parece ser que las expediciones anteriores montaron sus campamentos. Todo su material de trabajo se encuentra allí.

—Quiero ver eso —dijo el oficial de ciencias.

—Vamos todos —ordenó Bacallao y Zamora siguió al grupo llevando a rastras su maleta de herramientas.

## PUNTO CUARENTA

Por alguna extraña razón Ana María recordó una canción de Silvio Rodríguez apenas vio la luz del sol sobre
la cordillera del Escambray. En realidad pensaba que
allí todo era mucho más brillante que en la Habana,
Matanzas o cualquiera de las ciudades por las que habían pasado hasta llegar al lejano Santi Spiritus. La atmósfera infinitamente más limpia le hizo recordar la
entrevista para aquel trabajo tan estrafalario, y auto-
máticamente recordó aquella canción.

Fue en su época de pre-universitario que la escuchó
por primera vez, aunque después supo que era más
vieja. Aún no caía el Muro de Berlín y sus profesores
creían en el Hombre Nuevo. Sin embargo, cuando la
escuchaba rara era la vez que no la invadiera una ola de
nostalgia. Se sentía eufórica, rodeada de un aire de otra
época. Una época anterior a ella. Una en que la cual
las personas creían que podían cambiar el mundo. Más
allá del marxismo y esas cosas.

Estuvo tentada de buscarla en su iPod y escucharla
una vez más. Pero ya estaban cerca de la unidad militar y

no quería que la sorprendiera la revisión en medio de la canción. Aún se sentía rara trabajando como civil en las FAR. Para ella las Fuerzas Armadas Revolucionarias no era mejor que cualquier otro ejército del mundo. Tenía tres hermanos menores y sabía de las bajezas humanas que se desatan en lugares donde un grado militar hace que otros tengan que saludarte y reverenciarte. Había sido clara en su contrato. «Nada de uniformes, nada de disciplina militar» al final tuvieron que contratarla. No tenían a nadie mejor. No existía nadie mejor.

La guagua llegó a lo que parecía un campamento de estudiantes en «la escuela al campo». Otro de los inventos de la Revolución que tuvo que sufrir su generación. Conceptualmente pretendía relacionar el trabajo agrícola con el estudio para convertir a las futuras generaciones en proletarios ilustrados, o algo así. En la práctica, montones de adolescentes se pasaban 45 o 30 días en un albergue rústico haciendo un trabajo que no querían durante el día y tratando de tener sexo en la noche.

Aquella unidad militar le recordaba su último campamento de la escuela al campo. Los albergues, en este caso eran cuarteles, eran de ladrillo mal resanado pintado toscamente con cal, los techos eran de *fibrocem* como las paradas de los autobuses en la Habana y el piso era de cemento pulido. Una patética caseta hacía función de garita mientras una barra de acero mal soldada a un contrapeso hacía de barrera a la entrada. Encima de la garita un cartel rezaba:

UM 3240

Las siglas eran el acrónimo que se usa en Cuba para Unidad Militar. El número no le decía nada. Pero por experiencias con sus hermanos generalmente el enclave era conocido por sus últimos dígitos. Tuvo un hermano en la UM 1950 que todos llamaban «la cincuenta». Aunque algunas tenían nombres propios muy pintorescos. Como era el caso del regimiento de tanques de San Antonio, UM 1270. Lugar donde sirvió su otro hermano y era conocido como «Vaca Muerta». Nombre del que nunca entendió su origen.

Esta unidad militar no era la excepción. Era conocida como «Punto cuarenta». Y no precisamente porque distara cuarenta kilómetros del famoso «Punto cero» donde según los rumores residía Fidel.

El ómnibus parqueó en una pequeña explanada junto a una desgarbada bandera cubana. Todo el personal civil y militar se bajó. El sol estaba alto, como suele ser en el trópico a media tarde, y los militares no parecían tener calor dentro de sus camisas verde oliva con mangas largas. Pronto un oficial con el uniforme de diario, carmelita de mangas cortas en lugar de verde oliva, se le acercó. Pudo ver cuatro estrellas pequeñas en su charretera. Con un hermano movilizado en 1992 y otro en 1995 Ana María sabía que en un momento de los años noventa el sistema de grados había sido sustituido. El sistema soviético de estrellas había sido cambiado por el de rallas semejante al ejército norteamericano usado por las fuerzas armadas en los primeros días del ministerio de las FAR. Que aquel hombre aún usara el sistema ruso indicaba cuan desconectada del mundo estaba el punto cuarenta.

—¿Ana María Salas?

—La misma.

—Bienvenida a punto 40. Puede llamarme teniente Martínez. La llevaré a nuestras instalaciones.

—Pensé que las instalaciones eran estas —dijo señalando los cuarteles.

—Esto es solo la tapadera. Tratamos que luciera como una unidad militar menor de la retaguardia del ejército central. Nuestras verdaderas instalaciones están bajo tierra.

Entraron a un cuartel donde unas escaleras entraban en la tierra como si fuese un refugio contra bombardeos. Ante la escalera dos oficiales con boinas rojas aguardaban. Ana no había visto tropas especiales en la unidad. De hecho no era común que hubiera «boinas» en una unidad de las FAR. Normalmente las tropas regulares y las especiales se llevan como perros y gatos.

—Señorita, debe dejar todos los equipos electrónicos aquí —dijo uno de los boinas rojas.

—¿Electrónicos?

—Computadoras, teléfonos celulares, cámaras —dijo el otro—. Cualquier mecanismo electrónico.

—¿Y en qué afecta eso la seguridad de las instalaciones?

—En nada —dijo el teniente Martínez— pero el puente Einstein-Rosem termina destruyendo casi todo lo electrónico que no está dentro de una jaula de Faraday en veinte metros a la redonda. Y nuestras instalaciones subterráneas no son tan grandes.

Ana colocó el iPod sobre la mesa y bajó la escalera.

*Podría haber traído un arma oculta y ni siquiera me registraron. Pensó. Que seguridad más rara se preocupan más porque no entre un mecanismo eléctrico que por si tengo un arma.*

La escalera terminó en un pasillo mal iluminado con las paredes forradas en madera. Al final de este hubo de pasar por un detector de metales semejante a los que usan en los aeropuertos. Uniformados del MININT la sometieron a un registro riguroso antes de entrar en la instalación. Al rebasar los controles una cavidad abovedada se abrió ante sus ojos. Había sido excavada en la roca caliza y la superficie era blanca y pulida. Los militares habían llenado el lugar de grupos electrógenos forrados en malla metálica que alimentaban unos bombillos tan potentes como los de un estadio. En el centro había una plataforma que pese al tráfico de personal de un lado a otro permanecía despejada.

—Así que esta es la Cavidad —dijo Ana María.

—La misma. Excavada hace mil trescientos años según las dataciones de los soviéticos.

—No puedo creer que dejaran esto atrás. Todo un generador de agujeros de gusano...

—Por aquí les llamamos puente Einstein-Rosem. Algunos preferimos el nombre verdadero y no la parafernalia comercial a lo Stephen Hawking. Por otra parte ¿Qué iban a hacer? En el 92 se quedaron sin país y estaban a 9550 kilómetros de casa. El proyecto era tan secreto que aún hoy nadie en el Kremlin ha preguntado por esta instalación.

—Los encargados deben haber terminado vendiendo sus medallas en las calles de Moscú en los noventa.

—En el mejor de los casos. Venga, le presentaré al jefe del grupo de los físicos.

En ese momento una sirena sonó y varios operadores corrieron de un lado a otro. Una voz como de aeropuerto comenzó a repetir: Viajeros entrando, puente Einstein-Rosem activo. Una luz intensa apareció en la plataforma central. Ana pudo ver como la mayoría de los operadores y soldados con uniforme de tropas especiales tenían lentes de protección con cristales muy oscuros. También se percató que los uniformados de camuflaje y boinas rojas apuntaban con sus fusiles a la plataforma. Un zumbido llenó la cavidad.

—Mejor será que no mire, señorita —dijo el teniente Martínez—. Podría herir su retina.

—Leí el informe —dijo cubriéndose los ojos con la mano.

Cuando luz y zumbido terminaron un grupo de cinco personas, tres de overol verde y dos militares con ropa de campaña estaban en la plataforma. Los operadores siguieron mirando sus computadoras forradas en redecillas de metal, los técnicos siguieron yendo de un lado para otro y los boinas rojas se colgaron los fusiles al hombro y continuaron sin hacer nada.

—¿Para qué las redes de metal?

—El puente funciona como un pulso electromagnético. Todos los equipos deben estar dentro de una jaula de Faraday.

—Recuerdo que me lo dijo antes... discúlpeme, es que nunca fui buena en Física.

—Es una ley del electromagnetismo que asegura que el campo eléctrico dentro de una cavidad siempre es cero. O sea, ante campos eléctricos externos si se forra con metal todo dentro estará bien aunque explote una bomba atómica.

—Y no importa que sea una red con huecos.

—A los efectos de las leyes del electromagnetismo no.

—Vaya con la Física —de momento se sintió muy avergonzada. Ella era una profesional graduada en la Universidad de la Habana. Aunque no fuera de ciencias su ignorancia la ruborizó—. Imagino que debe sentirse un tanto raro teniendo que dar una explicación tan básica. Es que soy graduada de Historia y no de Física. Y la verdad es que en el preuniversitario la detestaba.

—No se preocupe. La mayor parte de las personas que van para la estación son sociólogos, historiadores o artistas plásticos.

—¿Artistas?

—Sí. Se sorprenderá de la función que desempeñan allá arriba.

Un grupo de hombres con batas blancas se detuvo a hablar con dos de los hombres de overol al pie de la plataforma. El teniente llevó a Ana precisamente hacia ellos. Entonces vio la figura alta y de espejuelos que hablaba con el militar de overol. Reconocería aquel rostro aunque envejeciera mil años.

—Señorita, le presento al doctor en ciencias Manuel Hoffman. El jefe de nuestro departamento de Física.

—Sí, ya nos conocemos.

—¿Ana? ¿En verdad eres tú?

Y acto seguido se abrazaron.

Como en los viejos tiempos. Tal y como lo recordaba.

Exactamente como imaginó que se sentiría al volver a verle.

## LA OCTAVA EXPEDICIÓN

Llegaron a una sala que parecía ser el centro de la Estación. Las paredes eran tan blancas como en la esclusa del portal de paso. La luz parecía provenir del techo como si fuese hecho de una sola pieza luminiscente. No había muebles ni nada parecido. Tan solo un reguero de maletas metálicas y escafandras soviéticas tipo Orlán. Todo el equipamiento de siete expediciones estaba regado por el piso como en el cuarto de juegos de un niño pequeño. Había fusiles AK tirados en el suelo como si sus portadores se hubiesen desvanecido en el aire. Los cargadores, las pecheras y todo el equipo militar estaba abandonado junto a las computadoras personales, las cámaras de diferentes generaciones y las escafandras.

—Acorde a los registros de las misiones anteriores, aquí están las pertenencias de todos los grupos que enviamos a través del túnel Einstein-Rosem —dijo el Boina Roja—. Ya hicimos el inventario. No falta nada.

—Solo ellos —dijo Zamora—. No pudieron permanecer aquí todo este tiempo. No hay rastros de permanencia. Las personas tienden a desordenar las cosas, cocinar, defecar. Este lugar parece el recibidor de un hotel. Está impecable.

—Aquí hay algo interesante…

Había hablado el oficial científico y todos centraron su atención en él. Normalmente odiaba que todos lo miraran e hicieran ese silencio incómodo. Se sentía como si toda la audiencia estuviera escuchándolo para juzgarlo duramente apenas terminara de hablar. Claro, aquello nunca llegaba a suceder porque él, Esteban Matienzo, siempre tenía algo interesante que decir.

—Según la lista de pertenencia de los expedicionarios anteriores…

—Desertores —interrumpió Bacallao.

—Bien, los desertores —Matienzo hizo una pausa y se aclaró la garganta. La tenía totalmente seca—. Decía, que según el inventario este reloj pertenecía a Ramón Fernández, sargento de primera de la brigada de Prevención, Tropas Especiales de las FAR. Formaba parte de la primera incursión que partió de Punto cuarenta el 16 de abril de 1994. Fecha de salida según los registros, 14:00.

—Bien, hiciste tu tarea, niño —dijo Zamora—. ¿Qué pasa con eso?

—Este reloj es completamente mecánico, soviético, para colmo.

—¡Qué tiene en contra de los relojes soviéticos, oficial científico! —gritó Bacallao.

—En contra no tengo nada. Pero es una garantía de que el mecanismo ni se ha dañado con el tiempo, ni se ha visto afectado por los campos electromagnéticos de este lugar. Todo el que ha tenido relojes de ese tipo lo sabe.

—Correcto —dijo Zamora—. Los rusos sabían cómo construir esas cosas ¿A dónde quieres llegar?

—Vean la hora en la que se detuvo. Estos relojes tenían incluso la fecha, todo mecánico, claro. Vean cuándo se detuvo.

El reloj era una clara pieza de la relojería soviética. Grande, toscamente acabado y sin ningún sentido de la estética. Una esfera azul con doce números groseramente incrustados en ella. Las tres manecillas del horario, minutero y segundero permanecían en reposo. A un lado había números correspondientes a la fecha. No los números luminosos de los relojes digitales. Números impresos en una cinta que respondía a un dispositivo mecánico. Las agujas estaban congeladas en las dos horas y catorce minutos.

—El reloj se detuvo casi un cuarto de hora después que ingresaron. ¿Y qué?

—En lo personal pienso que alguien con el historial del sargento Fernández jamás olvidaría dar cuerda a su reloj antes de empezar una misión. Pero no tengo pruebas de ello. Así que le concederé el beneficio de la duda. En cambio, aquí tenemos cerca de veinte relojes pertenecientes a los expedicionarios. Los hay mecánicos, analógicos y digitales. Unos mejores que otros, pero todos detenidos entre diez y veinte minutos después de comenzada la misión. No me he puesto a revisar las baterías de los relojes digitales, pero no creo que estén descargadas.

—No lo están —dijo Zamora mientras revisaba una de las maletas herméticas—. Según la etiqueta de viaje, estas eran las pertenencias y equipo de trabajo de Kevin Armenteros de la Oca. Según su chapilla, era Físico de la Universidad de la Habana.

—Fue la misión del año pasado. Intentaron que fuese una operación civil para darle otra óptica al programa.

—Lo recuerdo. El caso es que aquí hay un teléfono celular. No tiene cobertura, lógicamente, pero enciende, y según lo que veo en pantalla tiene la batería en buen estado. Luce bastante bien para haber estado abandonado todo un año. El caso es que tiene fecha del año pasado. El reloj marca las doce y diez de la noche del 15 de septiembre de 2012. Está funcionando ahora, pero hace solo unos segundos que volvió a encenderse. Posiblemente cuando llegamos.

—La expedición del año pasado salió de Punto cuarenta a las doce de la noche.

—¿Quiere esto decir que se detuvo el tiempo en esta área?

—La verdad, no sé lo que quiere decir. Le recuerdo que ni siquiera queda claro quién, y con cuáles propósitos, construyó este lugar.

—Bien, dejemos ese tópico para los sesudos de la Universidad —cortó Bacallao—. Acorde a nuestros relojes, que todavía funcionan bien, llevamos solo diez minutos aquí y el portal de paso se abrirá dentro de cincuenta y cinco. Parece mucho, pero no alcanzará para cumplir nuestra agenda. Continuaremos recogiendo datos para enviar a casa. Matienzo, quédate a ver si descubres otra cosa interesante y recupera los datos de las mediciones de los anteriores oficiales científicos. Nosotros seguiremos explorando. La prioridad es el generador de gravedad artificial. ¿Alguna idea?

—Si tuviera que adivinar, diría que los generadores están escaleras abajo —dijo Zamora como si no hablara de algo realmente importante.

—¿Cómo lo sabes?

—Soy ingeniero. Tengo un olfato especial para esas cosas.

—Este lugar fue construido por extraterrestres —recalcó Bacallao—. A saber la idea que tenían sobre dónde poner los controles y dónde los motores.

—Por un momento deja de ladrar y mira con atención a tu alrededor. Este lugar es totalmente simétrico. Y no solo eso, su simetría es bilateral como la del cuerpo humano. Estoy convencido que los constructores de este lugar se nos parecían mucho.

—Perfecto, seguiremos tu nariz a ver si realmente tienes buen olfato. Sargento, vaya con el ingeniero por la escalera que baja. Soldado Villaverde, usted me acompañará arriba.

El sargento Boina Negra alzó su fusil y se desplazó como el silencio de un gato hasta la escalera que descendía. Se colocó en el umbral y con sumo cuidado se asomó. Lentamente comenzó a bajar. Cuando iba por el tercer peldaño le hizo señas a Zamora, sin articular palabra alguna, para que lo siguiera.

Zamora, por su parte, dejó la pesada maleta junto a las otras de expediciones anteriores y caminó descuidadamente hacia la escalera.

## LA CAVIDAD

Manuel siempre fue algo así como un animal salvaje. No uno de esos depredadores indomables. Era más bien como un cervatillo. Difícil de atrapar y al menor contacto escapaba. Nos conocíamos desde la primaria. Vivíamos relativamente cerca y nuestras madres eran amigas. No imagino cómo se conocieron nuestras madres pues no tenían mucho en común. Mi madre era zalamera, confianzuda y desenvuelta. Conocía a todos y se llevaba bien con la mayoría. La mamá de Manuel era introvertida, callada y apocada. A mi madre le gustaban las joyas, la ropa de colores y los adornos para la casa. La de él nunca llevaba ni aretes, vestía siempre colores fríos y su casa parecía un salón de Esparta. Ahora que ha pasado el tiempo imagino que en los lejanos años ochenta, cuando todo estaba normado, la comida, la ropa, los juguetes de los niños y todo, no había otra que socializar. Para comprar cualquier cosa tenías que ir a la misma tienda que iban todos. En semejante comuna la gente termina haciendo buenas migas. La gente buena, claro.

El caso es que yo era muy mala en matemáticas y mi madre, estoy seguro que la idea provino de ella, le pidió ayuda a la madre de Manuel. Así fue como aquel muchacho de espejuelos comenzó a repasarme todos los viernes en su casa. Era afable y muy agradable. Totalmente diferente al resto de los varones de mi escuela que solo sabían molestar a las niñas. Por entonces pensé que habría sido maravilloso estar en el aula con él. Pasó el tiempo y caímos juntos en la secundaria. En la misma aula, precisamente. Pero mi deseo, pese a haberse cumplido, se volvió mi maldición.

La secundaria es una especie de infierno social altamente complejo y a loa vez muy simple. Todos quieren comportarse como adultos y no lo son. Por lo que los jóvenes se agrupan según su manera de vestir, sus grupos musicales, y cualquier cosa que los haga lucir mayores. Manuel estaba por encima de todo eso. Solo se concentraba en el estudio. Era el favorito de sus profesores pero nadie quería estar con él. Yo era su única amiga y al principio me acompañaba hasta mi casa cuando salíamos de la escuela. Pero pronto el juego social se hizo complejo. Conocí gente muchachas populares que querían andar conmigo, varones de años superiores que querían ser novios míos y mucha gente.

El problema era Manuel. Él no le gustaba a nadie y cuando me veían con él se burlaban. En la adolescencia lo peor que se le puede hacer a un joven es burlarse. Los varones se fajaban a veces, las hembras peleaban pero cuando alguien se burlaba de ti no había vuelta atrás. Estabas muerto socialmente y de inmediato pasabas a ser el «trajín» de todos. Todo el mundo se burlaba de ti. Y además probaba fuerza. Porque siempre hay abusadores. El caso es que eludí a Manuel lo mejor que pude y no volvió a acompañarme. La secundaria pasó mientras yo era popular y aclamada por todos mientras Manuel era objeto de burlas y el abuso de los jóvenes de años superiores.

La verdad es que él siempre manejó las cosas con una destreza única para su edad. Nunca se molestó por una burla y cuando abusaban de él se fajaba en silencio. Perdía, le partían la boca y a la siguiente vez volvía a pelear. Sin importar el tamaño o el número de sus oponentes. Siempre peleaba y nunca demostró miedo. Finalmente los abusadores se cansaron de él y lo dejaron en paz. Pasó solo el resto de la secundaria y en lo silencio me sentía bien por él. Pero en verdad solo tenía cargo de conciencia. Él era mi único amigo en la escuela primaria y yo no quise ser su única amiga en la secundaria. De hecho lo abandoné a su suerte. Nunca me perdoné por ello.

Y ahora estaba allí, abrazando a Manuel como si nada hubiera pasado. Como si siempre hubiéramos sido los mismos amigos de la infancia. Pero no era así. No podía serlo.

—Sabía que vendrías —dijo—. Vi tu nombre en las listas de reclutamiento.

—¿Tuviste entonces algo que ver con la propuesta que me hicieron?

—No. Yo solo les dije que eras la mejor en tu gremio.

—¿Cómo sabes que lo soy?

—Me leí tu currículo. Me tomó tiempo hacerlo así que debes ser buena.

—Tú como siempre.

Las cosas entre nosotros no estaban perdonadas. O al menos, no olvidadas. Tan solo me mostraba mis errores. Mientras yo me esforzaba en ser popular en la escuela secundaria él estudiaba. Al terminar yo fui a un instituto pre-universitario urbano. Él fue a un pre-universitario de ciencias exactas. La élite de esos tiempos. Mientras yo luchaba desesperadamente con las pruebas de ingreso a la universidad para finalmente alcanzar la licenciatura en Historia por puro milagro, él entraba fácilmente a la facultad de Física. Una de las carreras más difíciles de la UH. Mientras yo destrozaba mis matrimonios él hacía post grados, maestrías y doctorados. Finalmente yo era una historiadora mediocre que no tuvo más remedio que aceptar una propuesta de la FAR para ganar más dinero. Él era un jefe de investigación en un proyecto súper secreto. Me había ganado en la vida y ahora se daba el lujo de hablarme, en contraste con lo que había hecho yo con él.

—Vamos, debes estar cansada —dijo llevándome lejos del grupo—. Después vemos aquel asunto, caballeros. Quiero los informes en mi oficina dentro de tres horas.

Manuel había cambiado. Ahora era alto y no estaba tan flaco como en la adolescencia. Sus maneras eran refinadas como un caballero antiguo. Trataba a todos con amabilidad y resaltaba entre tantos militares por las frases «por favor» y «con permiso». A todos les decía caballeros o damas en lugar del ordinario compañero. Y al parecer era alguien muy importante dentro de aquel enclave pues era el único que trataba a los oficiales por su nombre de pila sin decir su grado militar antes.

—Aquí podrás descansar. Tu primera salida está programada para las ocho de la noche. Léete el informe de la misión y no tendrás problemas. Aquí tienes tu computadora, mantenla dentro del estuche metálico.

—Ya me lo explicaron, jaula de Faraday ¿cierto?

—Muy bien, creo que te irá bien aquí. Que descanses, Ana… ah, casi lo olvido. Este es el casco de no-pensar. Debes llevarlo cuando cruces el puente Einstein-Rosem.

—¿El casco de no-pensar?

—Le decimos así porque aísla los campos magnetoeléctricos del cerebro. Es como una jaula de Faraday para voltajes muy pequeños. Es para evitar accidentes allá arriba.

—¿Y por qué necesitamos aislar nuestros cerebros cuando lleguemos a la Estación?

—No hay una manera simple de explicarlo, Ana. Tendrás que leerte el informe de misión —dijo guiñándome un ojo—. Lo siento.

El informe de misión era un galimatías de ecuaciones diferenciales y terminología ingenieril que nadie entendía. Era su manera de decirme bruta. De mostrarme cómo había desperdiciado mi vida. De escupirme en el rostro que si bien ambos éramos los mejores de nuestro gremio, el suyo era mejor que el mío.

«Los siento» ¿qué es lo que sientes? ¿Que la muchacha bruta de la secundaria tenga que leerse el informe completo en lugar de escuchar la versión para tontos de Manuel Hoffman?

Por un instante lo odié por todo aquello. Medio segundo después yo seguía frente a él pero odiándome a mí misma.

Salió del cubículo que me habían asignado y yo prácticamente comienzo a llorar. Pero justo un par de segundos después que saliera volvió a tocar a la puerta.

—Permiso —dijo—. Es justo que te diga que te acompañaré en tu primera incursión. El primer día de trabajo en la Estación suele ser desconcertante para los novatos.

—¿Haces eso con todos los que llegan nuevos?

—No. Pero tú eres mi amiga.

Volvió a guiñarme un ojo y salió.

Ya no tenía ganas de llorar. Estaba simplemente desconcertada. Al punto que ya ni siquiera me odiaba a mí misma.

# EL MOTOR CUÁNTICO

La exploración continuó con las AKM por delante. El sargento de la Marina bajó las escaleras con el fusil en ristre como si estuviera explorando territorio enemigo. Mientras bajaban, tanto la escalera como el nivel inferior se fueron iluminando. Todo estaba en silencio, la temperatura era agradable y el aire olía como un laboratorio de microelectrónica. Los focos de las luces no eran visibles, mas parecía que la luz brotaba de las paredes y el techo. Era blanca, pero no dañaba la vista. Aquella sala era más pequeña que la habitación central. No había allí nada parecido a un motor o un generador. Tampoco había mamparos o ventanas que dieran al exterior.

—Sargento.

—Diga, ingeniero.

—¿Qué cree de este lugar?

—Con el debido respeto, mi trabajo no es creer nada, solo garantizar su seguridad.

—Sí, todos sabemos que es un buen soldado. Pero dígame qué cree. ¿Qué le dicen sus instintos de soldado? Usted ha hecho inmersiones de gran profundidad, ha estado más en contacto con lo desconocido que todos nosotros. Dígame qué le parece todo esto.

—¿La verdad?, creo que es una trampa.

—Lo escucho. Queda entre nosotros, su oficial superior no se enterará de nuestra conversación.

—Verá. Nadie sabe quién construyó esta cosa, sin embargo, la iluminación está orientada a los ojos humanos. No es luz negra. Ultravioleta, quiero decir. Ni infrarroja. Se supone que estamos hablando de seres completamente diferentes, no tenían por qué ver en el mismo espectro que nosotros. ¿Y por qué este lugar tiene la mezcla de aire justa? Estoy acostumbrado a respirar mezclas de gases ricos en oxígeno y aquí ni siquiera noto la diferencia con la superficie. La presión es como en el nivel del mar. Fue lo primero que percibí cuando llegué. Tal parece que puedes abrir una puerta y caminar por la Tierra. Y la temperatura... En la Tierra hay una enorme diferencia de temperaturas. Sin embargo, la de aquí es la que nos resulta agradable a nosotros en particular, que vivimos en el trópico. Qué coincidencia que la climatización de este lugar está pensada para nosotros que nacimos donde se encontró la instalación alienígena que conecta con este lugar. A mí me parece más una ratonera, ideada para que el ratón esté cómodo antes de que se cierre. Piénselo aunque sea solo un momento, ingeniero. Nadie ha regresado. El tiempo se les acaba antes de la hora. Nadie ha durado aquí el tiempo suficiente para ver abrirse el segundo portal de paso.

—Ingeniero —la voz salía del receptor de radio del Boina Negra—. Hay algo aquí que debe ver. Acompáñelo, sargento.

Subieron hasta el área central y siguieron hasta el mamparo que conducía a la escalera ascendente. La habitación del nivel superior era mucho más pequeña que las dos anteriores. No había luz que brotara de las paredes esta vez. La sala era circular, con una especie de pedestal en el centro. Una luz cenital, como salida de un bombillo invisible, caía sobre el objeto encima de aquel podio.

Se trataba de una especie de dodecaedro del tamaño de una pelota de futbol. El objeto flotaba sobre la superficie en la que estaba. Su separación era de solo unos centímetros, cual si se tratara de un imán colocado sobre otro con igual polaridad.

El oficial científico lo miraba con cara de «no tengo ni idea de lo que pasa». Nadie abría la boca. Zamora reconoció aquel silencio. Era el inigualable signo de que todos esperaban una explicación. Y si el recién graduado de Física, Matienzo, no tenía respuestas, las miradas silentes recaían en el ingeniero. Como siempre, cuando la ciencia se quedaba muda, los ojos del mundo miraban a la ingeniería.

—Bueno, es indudablemente algún tipo de máquina, o el control de una, podría tratarse de una consola de mando, un receptor de los sensores externos o alguna especie de ordenador cuántico sofisticado. A menos que comencemos a pulsar las caras del dodecaedro, no sabremos de qué se trata. No hay paneles que accedan a circuitos o al mecanismo en sí. Parece tener energía propia, pero igual puede estar atado a la fuente de energía de este lugar, sea cual sea.

—Eso no nos ayuda, Zamora —dijo Bacallao cortante.

—Soy ingeniero, no mago. Realmente lo siento.

—Eso mismo dijo el oficial científico. A ustedes, los cerebritos, les ha dado por ponerse graciosos desde que llegaron a la Estación.

—Cálmate, Bacallao. Aún te falta más de media hora para meternos presos a todos. Esto es un dispositivo alienígena. No sabemos cómo funciona o para qué sirve. Tampoco sabemos si por usarlo, o intentar desarmarlo, se perdieron las siete expediciones anteriores. Nuestra misión es observar, recopilar datos de interés sobre lo que pasó aquí y regresar, o transmitir los datos cuando se abra el segundo portal de paso. Yo recomiendo prudencia.

—Yo lo secundo —dijo Matienzo con un hilo de voz.

—El protocolo me obliga a no proceder si ambos científicos se oponen. Pero cuando lleguemos a Punto cuarenta vamos a aclarar un par de cosas nosotros tres frente al general de división. Vamos abajo y requisemos todo el material que dejaron los desertores —y se volvió hacia el oficial científico—. También quiero que estén copiados en nuestros portátiles todos los datos que midieron los científicos de las incursiones anteriores. ¡Los siete! ¿Entendido?

Todos bajaron al lugar que habían bautizado con el nombre de Sala común. Donde estaban desperdigados portátiles, laptops y computadoras de diferentes generaciones. Desde grandes procesadores 286 con enormes baterías hasta pequeñas laptop Apple de titanio con un estilizado diseño. También había muchas escafandras Orlán, y muchos fusiles AKM.

## LOS OPERADORES

Cerca de una hora antes de mi partida programada hacia la Estación apareció en mi cubículo un capitán con uniforme de campaña de las FAR. Había visto su rostro cuando me ofrecieron el trabajo en la universidad. Llegó y se sentó sin siquiera esperar a que lo invitara a pasar. Naturalmente no dio ni los buenos días.

—Mi nombre es Gabriel Fonseca, pero deberá llamarme capitán Fonseca. Pertenezco a la contrainteligencia militar y atiendo esta unidad militar.

—Buenos días. Desconozco por qué ha venido hasta aquí para presentarse si yo no soy militar.

—Este enclave tiene jurisdicción compartida entre el ejército y el ministerio del interior. Aquí podrá ver que la seguridad lo mismo está a cargo de las avispas negras de las FAR, de la brigada especial nacional de la Policía Nacional Revolucionaria que de los Hombres Ranas de la Marina de Guerra. Por lo tanto la contrainteligencia es también compartida entre nosotros y el departamento de Seguridad del Estado. Como soy el que está al mando tengo jurisdicción sobre todos por igual, ya sean civiles o militares. Aunque técnicamente a usted debería atenderla un compañero de la Seguridad del Estado. Cosa que no le recomiendo.

Me senté. Esto había que procesarlo despacio. Una cosa era trabajar para el ejército y otra bien distinta era que la Seguridad del Estado se metiera en tu vida.

—Usted dirá entonces la razón de su visita.

—Según su carnet de identidad usted lleva los dos apellidos de su madre ¿cierto?

—Mi padre no me reconoció cuando nací. Él abandonó a mi madre estando embarazada y al nacer yo ella lo mandó para casa del carajo. Es por eso que tengo los dos apellidos de mi mamá.

—Pero usted conoció a su padre y tuvo una buena relación con él.

—Sí. Después las cosas se calmaron e iba a verme de niña. Nunca me dio los apellidos y nos veíamos poco. Creo que él trabajaba mucho.

—¿Qué sabe sobre el trabajo de su padre?

—Nada. Solo que era ingeniero, se graduó en Moscú y trabajaba fuera de la Habana. Por lo que se pasaba semanas sin venir a verme. Mi madre decía que todo era mentira. Desde el año pasado no sé de él, ya que pregunta.

—Debo informarle que su padre trabajaba con nosotros. Inicialmente fue de los pocos cubanos que trabajó con el personal soviético que halló la Cavidad. Después de 1992 cuando el mando pasó del ejército Rojo a las FAR estuvo con nosotros ayudándonos a entender este lugar. Era una persona muy valiosa y su tiempo con los rusos le ayudó a asimilar las peculiaridades de la tecnología alienígena. Fue por ello que formó parte de la octava expedición. La última que se envió a la Estación.

De hecho fue el único que técnicamente no desertó y envió datos de vuelta. Gracias a él el proyecto no fue cancelado y actualmente podemos usar la Estación.

—O sea que no desertó. Pero no lo vi aquí.

—Desapareció como todos los miembros de su expedición y las anteriores, pero no tenemos interés en buscarle. Fue dado como desaparecido en misión y no como desertor. Pensé que debería saberlo. Más ahora que trabajará con el doctor Hoffman. Nuestro jefe científico tiene una agenda muy libre, a lo mejor se lo encuentra.

—¿Trabajaré directamente con el doctor Hoffman?

—Sí, en cuyo caso supongo que no le tengo que entregar el plan de misiones.

El viaje a través del puente Einstein-Rosem casi no se siente. Apenas pestañeas y ya no estás en Punto cuarenta sino en la Estación. Allí todo el mundo tiene puestos los cascos de no-pensar que lucen como cascos de motocicleta sin el cristal delantero. Contrario a lo que pensaba no era ni pesado ni incómodo. Manuel me dijo antes de partir que intentaron hacer un diseño menos ruso. A lo que yo respondí que parece que las FAR se están modernizando. La respuesta de Manuel fue nuevamente desconcertante.

—Para eso tienen que cambiarse el cerebro todos los generales.

Era asombroso como Manuel hablaba sin temores acerca de los militares. No parecía temer a ninguna represalia. O bien las cosas habían cambiado mucho y yo aún no me daba cuenta. O simplemente Manuel era tan imprescindible para el funcionamiento de la estación que eran condescendientes con sus opiniones políticas.

Ya en la Estación me pareció estar metida dentro de un hormiguero. Era un lugar pequeño para la cantidad de gente que trabajaba allá arriba. Todos llevaban cascos de no-pensar y corrían de un lado para otro. Había operadores, técnicos, soldados con fusiles al hombro, médicos. Era una rara mezcla de unidad militar, hospital y centro de investigación científica.

Manuel me llevó escaleras arriba. En una pequeña habitación prácticamente a oscuras había unos cinco asientos alrededor de un pedestal. Sobre este orbitaba un dodecaedro hecho de algún metal plateado. El objeto levitaba como si estuviera viendo algún tipo de efecto especial hollywoodense. Una luz amarilla caía desde el centro de la habitación sobre la esfera. Las cinco sillas tenían unas mesitas delante sobre las cuales había una computadora para cada silla. No había cables por el suelo por lo que imagine que habría activa alguna wifi. Había otros monitores que mostraban gráficos y listas de números. Nada estaba conectado al pedestal. Ninguno de los hombres sentados a su alrededor llevaba cascos de no-pensar.

—Este es el motor cuántico —dijo Manuel—. El plato fuerte de la Estación. Lo mencionan en todos los reportes pero pocos tienen acceso directo a él.

—¿Y por qué ellos no llevan cascos?

—Porque son los operadores del motor. Como el motor se sintoniza directamente con las ondas cerebrales, los operadores son los únicos que están autorizados a pensar. Siempre que piensen lo que queremos.

—¿Y cómo consigues eso?

—¿Qué piensen lo que queremos? Bueno, en realidad buscamos que piensen como queremos, para que ciertos pensamientos no ocupen sus mentes y haya resultados no deseables. Como ocurrió con el personal de las primeras siete expediciones. En realidad la respuesta a tu pregunta es escogiéndolos muy bien y muy jóvenes. La mayoría de ellos son graduados de escuelas de artes, estudiantes de ciencias, hay algunos que estudiaban informática y sus conocimientos han sido muy útiles para configurar una interfase segura para los viajeros. Partimos del hecho de que todos los buenos estudiantes, afiliados políticamente y con buenas recomendaciones terminan quedándose en una realidad alternativa. Así que decidimos buscar lo contrario. Los malos estudiantes generalmente son personas creativas, los que nunca han militado en ningún partido suelen vivir al margen de la política por lo que no sueñan con utopías, ni a favor ni en contra de la Revolución. Buscamos muchachos que tuvieran problemas con la autoridad, actas levantadas por problemas de disciplina, consejos de dirección en las escuelas y medidas disciplinarias durante su servicio militar. Personas que sin ser delincuentes o antisociales se resistieran al condicionamiento que se les da a los jóvenes. Y aquí los tenemos. La mayoría no sueña con un mundo mejor o añora ciertas etapas del pasado. Son todos apolíticos y con ideas abstractas en la cabeza.

—No necesitan cascos de no-pensar porque piensan lo que ustedes quieren.

—Piensan como quieren. Digamos que nosotros también queremos que ellos piensen así. Aquí les permitimos crear universos completos. Generalmente ninguno de ellos quiere nada fuera de su propia realidad.

—Según leí, ellos hacen que colapse la función de onda.

—Algo así, es más complejo.

En realidad Manuel y yo nos habíamos visto después de la secundaria. Fue en una fiesta en tiempos del pre-universitario. Por entonces la vida social me había desilusionado lo suficiente como para esforzarme en los estudios y tener una carrera universitaria. En mí época una carrera universitaria era lo máximo a que aspiraba un joven. Con el tiempo las cosas cambiaron y el dinero fue más importante que el título. Pero antes de la caída del muro de Berlín era impensable querer ser otra cosa que no fuera profesional.

El caso es que era una fiesta de gente de la Lenin. El Instituto Pre-Universitario de Ciencias Exactas Vladimir Ilich Lenin era la escuela de nivel medio con mayor prestigio en el país. La mayoría de los buenos profesionales eran egresados de allí. Era una escuela del futuro para hombres del mañana. Años después comprendí que tenía el mismo espíritu de las escuelas privadas en los países capitalistas. Reservadas para una clase social entre media y alta, en otros países el estatus estaba relacionado con el dinero en el nuestro con la militancia revolucionaria. Casi todos buenos en ciencias exactas y soñando con ser grandes científicos que cambiarían el mundo. Ese junto a otros sueños se disolvió en 1992 pero por entonces aún pensábamos que estudiando las cosas irían mejor.

El caso es que unos simples estudiantes de un pre «en la calle» eran vistos como una visita de facinerosos a una fiesta de la alta sociedad. Así que llegamos en silencio, tratamos de pasar desapercibidos e intentamos mezclarnos. Pero la Lenin era una escuela en el campo, una beca. Y las becas tienen su propio ecosistema. Su propia manera de hablar, sus propios chistes. Pronto comprendimos que era imposible entender la mayoría de los temas de conversación, reírse de los chistes excesivamente rebuscados y responder a las preguntas de todos acerca de en cuál unidad de la Lenin estábamos.

Ya estaba a punto de irme de la fiesta cuando me topé a Manuel. Seguía flaco pero estaba más alto. Nos saludamos como dos extraños y él me preguntó si me sentía mal. Le respondí que me sentía fuera de lugar. Él me respondió que desde que entró en esa escuela le pasaba lo mismo. Que ni me preocupara. Aún me sentía mal por mi actitud en la secundaria pero él no parecía guardarme rencor. Pronto todos comenzaron a percatarse de mi presencia pues estaba conversando animadamente con uno que sí sabía en qué unidad estaba.

Conversamos animadamente por un rato hasta que aparecieron más en la conversación. Manuel siempre fue algo torpe con las relaciones sociales y poco a poco quedó relegado a un segundo plano. Aquella noche cogí una borrachera tremenda y me hice novia de uno de la unidad 5 que ya no recuerdo cómo se llamaba. Lo último que recuerdo de Manuel fue verlo solo en la terraza con un vaso de ron en la mano contemplando las estrellas. Al otro día me sentí peor que nunca. Pero ya no lo volví a ver hasta la universidad.

Manuel se acercó a los operadores.

—Hola chicos —dijo—. Ella es Ana María y tiene su primer viaje hoy así que llévenla suave.

—Buenas —dijo uno—. ¿Cuál es su destino?

—Ruinahabana 0034 —Manuel colocó unos papeles frente a uno de los operadores—. Todo está en regla, yo también iré.

—¿Va sin escolta?

—No es necesaria.

—Me está usted diciendo que no es necesaria una escolta en cualquiera de los mundos de Ruinahabana.

—Asumo los riesgos.

—Me bastará con que firme esta acta de responsabilidad, Físico. Por mí como si quiere quedarse a vivir en ese mundo de cenizas radiactivas. Lo mío es ponerlo en el universo adecuado. Que tengan buen viaje.

Manuel firmó y en un instante nos desvanecimos de la Estación.

## BUCAREST, 2013

Tanto las pertenencias como el equipamiento científico de cada expedición se encontraban en valijas de cosmonauta desperdigadas por la habitación central. Eran teóricamente resistentes a la falta de presión, las bajas temperaturas y los golpes contundentes. El grupo se dio a la tarea de revisar hasta el más mínimo detalle de aquellos artículos dejados atrás. Todo parecía nuevo, como si hubiese sido abandonado dos horas antes. Las armas de los militares, los equipos de medición de los científicos, hasta las chapillas de identificación estaban allí. Las cámaras de fotos y video que pudieron revisarse, lógicamente solo las digitales, únicamente guardaban registros de la permanencia de los grupos dentro de la Estación. Ninguna foto o video pasaba de la media hora luego de arribar.

—Esto sí es curioso —dijo Bacallao observando de cerca un broche de plástico.

—¿Qué es lo curioso? —se interesó Zamora.

—Es un broche del Festival de la Juventud y los Estudiantes. Uno de esos que se ponen para hacerle propaganda.

—¿Y? He visto montones de ellos. Yo nunca fui a ninguno, pero los recuerdo. Un amigo mío los coleccionaba.

—Mira el lugar y la fecha de este.

Se trataba de un plástico duro y toscamente cortado. Su color era amarillo opaco y tenía impreso en letras negras: XV Festival Mundial de la Juventud y los Estudiantes. Varsovia 2001.

—En 2001 el Festival Mundial de la Juventud y los Estudiantes fue en Argel. Lo recuerdo —dijo Zamora.

—Claro que fue en Argel, comemierda. Después de la caída del Muro de Berlín no se ha celebrado ningún festival de ese tipo en Europa del Este. ¡Mucho menos en Polonia!

—Esto debe ser una broma. ¿En qué maleta estaba?

—Daniel Echevarría. Brigada especial del MININT. Quinta incursión, en 2001. No tiene sentido que tuviera algo así. Es eso, o la seguridad del Estado se equivocó cuando le verificó.

—Déjame ver su expediente. Tenía veintiuno y pertenecía a la UJC. No fue al festival de Argelia por entrar en el programa.

—¿Puedo verlo, ingeniero? —Matienzo tomó el broche en sus manos— fíjense en el lema: Por la Paz y la Amistad.

—¿Qué hay con eso?

—Ese fue el lema de todos los festivales mundiales desde 1955 hasta el 62. En 2001 el lema fue «Globalicemos la lucha contra el imperialismo» o algo así.

—¡«Globalicemos la lucha por la paz, la solidaridad, el desarrollo y contra el imperialismo», imbécil!

—Bacallao, contrólate.

—Yo soy el jefe de esta incursión. Yo soy el que manda, ¡tú *no me puedes mandar a callar!*

—Tú eres quien da las órdenes, pero yo soy quién decide si conservas el mando o no. Esta es una operación civil-militar. ¿O no recuerdas lo que dijo el general de división antes de que partiéramos?

—¡Arréstenle! —Bacallao se dirigió a las soldados mientras apuntaba con su pistola Makarov a Zamora.

—No pueden —dijo el ingeniero con total sangre fría—. El ministro de las FAR les instruyó personalmente sobre las características de la misión y la cadena de mando. Esta misión es la última que están dispuestos a perder. Si no regresamos cerrarán el programa, abandonarán las instalaciones de Punto cuarenta y sellarán los túneles. Hay mucho en juego para los de allá abajo como para legar tanta responsabilidad en un oficial menor como tú. Te pusieron al mando porque nadie da las órdenes como los militares, pero el verdadero control de esta incursión lo tiene el que más categoría científica tenga. En ese caso yo, que tengo más experiencia que el físico—Zamora se volvió hacia Matienzo con cara de estar arrepentido de sus propias palabras—. Sin ofender. En cuanto a ti Bacallao, ellos son soldados de las FAR y tú eres oficial del MININT. Su verdadero oficial superior les aclaró las órdenes de a quién debían obedecer. Además, yo estuve en el programa desde que descubrieron Punto cuarenta, cuando revisaron los túneles que dejó la brigada soviética cuando se fueron en el '92. Para ellos, soy confiable. Y tú sabes perfectamente lo que implica en nuestro país ser una persona confiable, ¿verdad? Ahora, viejo amigo, me vas a tener que perdonar por esto. Ustedes dos, desármenlo.

Ambos tropas especiales apuntaron sus fusiles al teniente Bacallao. El oficial del MININT no soltó su arma.

47

Y, en ese momento, ocurrió.

*El cielo estaba encapotado y en la plaza de la Revolución habría al menos millón y medio de personas. De pie, amontonadas como si se tratase de un concierto de rock. Frente a ellos, la torre del monumento a José Martí. Alta, con forma de estrella en su base, se levanta majestuosa y oscura como la torre de Mordor. Y la gigantesca estatua del apóstol de la independencia, tallada en mármol blanco, sentado cual pensador legendario. Espera en silencio la figura formidable, como un robot gigante japonés antes de atacar.*

*Todos llevan banderas cubanas y pancartas que apenas podemos leer. Gritan presos de una euforia que no comparto. Se amontonan y se empujan con los ojos fijos en la tribuna. Fijos de una manera enfermiza, una mezcla del fervor de la epifanía y el éxtasis del crack.*

*Todos miran al Comandante en Jefe, canoso pero lleno de vigor. Anciano pero no enfermo. Habla y habla de un modo incansable igual que en los primeros días de la Revolución. Como todos sabemos que ya no hace. Como habría hecho si las condiciones y el cuerpo le hubieran ayudado.*

*Me concentro en sus palabras amplificadas. Habla del XVIII Festival de la Juventud. Se regodea sobre la tarea heroica e histórica que tiene la delegación cubana que despide. La delegación que va para Bucarest. Y yo no entiendo de qué habla, si el festival de este año es en Quito y Rumanía ya no es socialista. Escucho palabras que hace más de veinte años no escuchaba. Palabras como CAME, Países Amigos y Proletariado Mundial. Y me pregunto qué es lo que pasa cuando veo a Villaverde alzar el brazo y apuntar con el dedo. Es un rostro en la* multitud. Un rostro que he visto en la foto de un expediente. Es el rostro de Daniel Echevarría. Viste el verde limón del uniforme del MININT. Tiene una bandera en la mano y sonríe.

Sonríe hasta que nos ve.

—Vienen de la Estación ¿cierto? —dice a gritos que apenas podemos escuchar por el rugido de la multitud y los aplausos—. Saben que no volveré. Aquí he ido a tres festivales de la juventud en Europa y el Muro de Berlín sigue en su sitio. Pronto me harán del Partido. Del verdadero PCC, no de esa organización marchita dirigida por los viejos moribundos de la otra Cuba. No pueden acusarme de traición o deserción. Soy más útil a la patria aquí. No pienso volver a ese lugar horrible con un socialismo que mendiga dólares americanos y euros. Con un Fidel enfermo y decadente. Si intentan llevarme con ustedes gritaré que son contrarrevolucionarios. Los acusarán de traición y de espionaje. Conozco las cosas aquí, no durarán mucho si digo que son disidentes o desafectos. Mejor no se metan conmigo. ¡Váyanse!

La multitud se mueve en medio de la histeria colectiva y los aplausos. Daniel Echevarría se aleja mientras una multitud de manos empuñan banderas y me colocan atropelladamente un sello en la camisa. Un sello de plástico toscamente elaborado. Un sello que dice Bucarest 2013.

## FAMILIA DE AUTOVECTORES= RUINAHABANA.
## AUTOVALOR 0034

Las nubes radiactivas encapotaban el cielo sobre el edificio del Habana Libre en ruinas. Los antiguos disparos llenaban de agujeros el viejo cemento del hotel que fue una vez Hilton. La calle 23 está desierta y a un costado de lo que fue el cine Yara un gato mutante da caza a una rata igualmente mutante.

En la azotea sobre el *lobby* del viejo hotel encontramos trajes contra la radiación. No conservamos nada de lo que llevábamos en la Estación. Ni el casco, ni el ordenador. Ni siquiera la ropa. No aparecimos desnudos en este mundo. Teníamos ropas. Ropas viejas, sucias y derruidas como este mundo. Ruinahabana 0034 es una de las cincuenta habanas alternativas reportadas por los exploradores en las cuales todo salió mal. Veinte de ellas se destruyeron por un cambio climático, cuatro por un holocausto nuclear, una por el colapso del sol en enana marrón y las demás son variaciones de un mismo escenario histórico fatal. La crisis de octubre. Ruinahabana 0034 es un universo derivado a partir de un enfrentamiento ruso-norteamericano en Cuba a raíz de la Crisis de octubre.

Todos los mundos posibles tienen un tiempo propio sincronizado con el nuestro. En este mundo estamos en el 2014 y hace 52 años de la guerra y las detonaciones nucleares. Por eso se puede caminar por la Habana en ruinas. Manuel me ha contado que los trajes los dejó un agente fijo en esta realidad. Tenemos uno en cada mundo que visitamos con frecuencia por esto de que no podemos viajar con equipo.

Manuel me ha contado que hay infinitos mundos en ruinas pero que solo cincuenta han colapsado. Dice que es como una especie de onda de probabilidad que contiene todos los tipos de mundos arruinados posibles. Cuando un operador piensa en este mundo en específico desaparecen las demás probabilidades y la onda colapsa en este. Dice que es como si destruyeran con el pensamiento las demás. Es demasiado complejo para mí.

Lo único que entiendo es que es una línea histórica que solo es coherente con la historia conocida hasta 1962. Después de eso se vuelve para mí como un relato de ciencia ficción. Las incursiones se hacen para rescatar cosas valiosas que no serán usadas. Ya sean recursos minerales que no se explotaron hasta después como armamento y tecnología abandonada. Actualmente hay trece grupos trabajando en este mundo alternativo. Tres de ellos desmontan el edificio Focsa para recuperar el mármol de los pisos, el metal de las ventanas, todo lo que pueda venderse. Es curioso cómo no podemos traer nada a estos mundos pero sí llevarnos. Le he preguntado a Manuel y dice que quien responda esa pregunta podría aspirar a un premio Nobel de Física. Asumiendo que el artículo fuese publicado internacionalmente.

—Pero si en este mundo lo que se hace es canibalizar lo que queda de la ciudad por qué me necesitaban a mí.

—Porque nuestra misión hoy no tiene que ver con la recuperación de materiales. Está relacionada con la búsqueda de una persona. Y para eso necesito alguien realmente bueno con los detalles históricos.

—¿Qué persona es esa?

—Es uno de los expedicionarios desertores de las ocho primeras expediciones. Ya verás.

Bajamos hasta la avenida 23, ahora desierta, y corrimos en dirección sur. Eludimos varias partidas de caza de gente vestida con pieles de animales y antorchas. También eludimos algunas fieras que no creo que existan en nuestro mundo. Todo era gris en aquella habana seca y sin vegetación. Cuando hubimos salido del centro de la ciudad llegamos a un rio de aguas negras. Justo en la orilla había un barquero esperando.

Era un hombre viejo vestido con un deshilachado uniforme de las Milicias de Tropas Territoriales. La camisa azul era un harapo mientras el pantalón casi había perdido el tono verde olivo de antaño de tantos parches y remiendos. Una subametralladora checoslovaca colgaba de su hombro como una caricatura cruel de las viejas fotos de los milicianos de Playa Girón. De su cuello colgaba un amplio collar hecho con dientes humanos.

—Hacía años que no veía un traje de protección —dijo el barquero—. Pensé que todos habían perdido las esperanzas.

—Nunca se pierden las esperanzas, Mayor —dijo Manuel con una soltura inusual—. ¿Cuánto por cruzar el río?

—Depende de para qué quieras cruzarlo. Del otro lado hay muchos peligros. Están las tribus caníbales de Miramar. Viven en los lechos destruidos de los viejos hoteles. Más al sur hay infantes de marina americanos. Sus descendientes, claro. Una vez al año tocan la trompeta, cantan el himno y dan gritos de *semper fi*. Antes solían disparar un cañón pero desde el 2000 no lo escucho. Supongo que se les acabaron las balas. Ve este collar. Fue hecho con los dientes de los abuelos de aquellos que ahora viven en el bosque de la Habana. Los marines de verdad que desembarcaron por el malecón en el 62. Cuando terminaron de explotar las bombas los restos de mi batallón se establecieron de este lado del rio y los marines en el otro. Una vez al año íbamos y los pasábamos por el cuchillo. Otras ellos venían. Hasta que la plaga de 1986 acabó con el asentamiento nuestro. Quedaron unos pocos y los marines no nos molestaron más. Imagino que ahora la iniciación de sus jóvenes la hacen matando caníbales en lugar de milicianos. De cualquier modo, si va a verlos no lo llevaré. Solo teniendo en cuenta que usted es un extranjero en este mundo no lo mataré y le sacaré los dientes.

La carne se me puso de gallina. ¿Cómo aquel hombre sabía que no pertenecíamos a aquella realidad?

—Supongo que no se puede engañar a un viejo miliciano.

—Todos por este lado de la ciudad comentan de la llegada de extraños que se están llevando la Habana a pedacitos. No puede ser de este mundo el que busque cosas que nadie quiere. ¿Por qué otra razón usarían trajes de protección a estas alturas?

—Busco al primero de los extranjeros que llegaron. Uno que se quedó a vivir del otro lado del rio.

—Sé quién es. Vive cerca del viejo puente de hierro que ahora solo es herrumbre y no se puede cruzar. Es un ermitaño. Antes solía llevarle ron y nos sentábamos a conversar. Pero desde que llegaron más de ustedes sale menos a la luz. Creo que teme.

—Si de algo sirve… no pienso hacerle daño. Solo quiero hablar con él.

—Eres sincero, nadie engaña a un miliciano viejo. Suban. Les llevaré.

Era un campamento improvisado. Paupérrimo. Ubicado entre la maleza de lo que fue un palacete de quinta avenida. Ahora el asfalto está quebrado y la vegetación brota de las grietas. Posiblemente la radiactividad hace que las plantas no lleguen a desarrollarse mucho y mueran. Pero siempre vuelven a crecer.

Nos acercamos al campamento. Las cenizas estaban calientes. No hacía mucho el dueño del lugar estaba aquí. Acto seguido Manuel comenzó a hablar en voz alta.

—¡Vengo desarmado! —gritaba—. No soy militar. Solo quiero hablar.

De la nada salió un cuchillo. Tras el filo vino el mango que era empuñado por una mano. A la mano siguió un brazo y un torso desnudo. Cuando me vine a dar cuenta aquel hombre estaba sobre Manuel poniéndole un cuchillo en la garganta.

—¿Para qué quisiera hablar alguien que venga de Punto cuarenta?

—Yo no soy Ellos. Trabajo para las FAR pero no pertenezco al ejército.

El hombre quitó el cuchillo de su garganta. Estaba vestido con un uniforme desteñido y tenía una espesa barba.

—Aquí no hay FAR, ni MININT. Esas son cosas de otra época, otro mundo. Aquí solo hay milicianos y marines.

—¿Cuánto lleva aquí, Ramón? ¿Diez años?

—Desde el 94. No sé ni qué día es hoy. No venden calendarios en esta Habana.

—Estamos en 2014.

—Y por lo que veo ocuparon la estación.

—Así mismo.

El militar me miró fijamente. Habló. Le habló a Manuel pero su mirada estaba fija en mí. ¿Llevaría diez años sin ver una mujer? Al menos una sin los problemas de vivir bajo radiaciones intensas.

—Si a lo que vienen es a hablar voy a asumir que son científicos. A los científicos les gusta hablar. ¿Cómo resolvieron el problema del motor cuántico que te manda donde más desees?

—Inventamos el casco de no-pensar.

—Sí, en eso allá son particularmente buenos. Puedo invitarlos a cenar, pero creo que no les gustará lo que cacé.

—Nos quedaremos poco tiempo. Aún estamos en tiempo de misión. ¿Quiero saber si es cierto lo que dijo su oficial científico?

—Encontraron al muchacho.

—En una de las Habanas de Mundosprohibidos. Una utopía socialista centrada en Camilo Cienfuegos.

—Estos jóvenes, salen de lo malo para ir a lo peor.

—Pero usted vino a una Habana post apocalíptica —dije yo.

—Vaya, la belleza habla. Sí, estará todo lo destruida que quiera pero aquí soy libre, no voy a trabajos voluntarios ni tengo que salir a luchar el dinero. Las utopías políticas son tremenda mierda. Visité varias con los muchachos de mi expedición. Antes de desertar, digo, y le aseguro que todos son una mierda. De la derecha o de la izquierda. Hasta que llegué aquí dónde todo me fue bien hasta que llegaron más gente a canibalizar la ciudad. Pero dígame qué es lo que dice el oficial científico de mi expedición sobre mí.

—Dice que usted vio a un soñador.

## MUNDOS PROHIBIDOS.
## FAMILIA DE AUTOVECTORES= HABANASINFIDEL.
## AUTOVALOR 1730

De vuelta en la Estación. Todos están en el área común. Hay un silencio incómodo. Matienzo está con la boca abierta mirando algún punto en la pared. Bacallao está tirado en el piso contemplando un objeto entre sus manos. Zamora juega con una de las llaves de su juego de herramientas. Los tropas especiales miran sus fusiles como si alguien se los hubiera arrebatado para luego dárselos de vuelta. Todos tienen las mismas miradas de asombro que un niño ante el primer acto de magia.

—Parece que compartimos el mismo sueño —Zamora fue el primero en hablar.

—Si fue un sueño, fue el más vivido que he tenido jamás —respondió Matienzo.

—No creo que haya sido un sueño —intervino el Boina Roja.

—No fue un sueño —afirmó Bacallao con una calma inusual—, miren esto.

Bacallao estaba sentado en el suelo mirando fijamente a un objeto en sus manos. Lentamente lo alzó para que todos lo vieran. Era un sello semejante al encontrado entre las pertenencias de Daniel Echevarría. Zamora se lo quitó de las manos. Vio entonces la inscripción con el año 2013 y la ciudad de Bucarest, donde supuestamente se celebraría el Festival.

—No entiendo—dijo Zamora—. Nada de esto tiene sentido.

—Yo sí creo que entiendo —Matienzo se había levantado y había encendido varios ordenadores portátiles. Eran equipos grandes y viejos, pertenecientes al equipo de las anteriores incursiones—. Ahora tienen sentido algunos datos recopilados que cuando los vi por primera vez me parecieron imposibles. No tengo acceso a las dos primeras expediciones por razones de compatibilidad con el DOS en sus discos duros, pero he accedido a la mayor parte de los datos y las notas de los oficiales científicos. Tengo grabaciones de varios expedicionarios que aseguraron haber estado en lugares raros. Sitios donde la crisis de octubre desató una guerra mundial, donde la zafra de los diez millones tuvo éxito o, como fue el caso, no cayó el muro de Berlín. Incluso tengo un caso curioso, arribaron a un mundo donde la Habana fue conquistada por los ingleses y estaban en un país llamado West Cuba, en 2003. Tenían periódicos y todo tipo de evidencia al respecto. En ese suceso desapareció el oficial científico, así que no tengo más datos. El caso es que después de estos eventos siempre desaparecía alguien.

—¿Qué más dicen?

—Al parecer, primero pensaron que se trataba de sueños compartidos o alucinaciones. Después aparecieron teorías más locas que fueron modificándose hasta no haber más grabaciones. Al principio pensé que se trataba de una especie de histeria masiva o algo así. Pero después de ver lo que acabo de ver... creo que tomaré cada una de esas teorías como cierta y haré mi análisis partiendo de esa hipótesis.

—¡Al grano, Matienzo! ¿Qué dicen las teorías?

—Según el oficial de ciencias de la última incursión, el dodecaedro es una especie de motor cuántico que genera aleatoriamente varios universos posibles.

—O sea, que acabamos de viajar a una realidad alternativa.

—Sí, evidentemente una en la que nunca cayó el bloque socialista. El problema es que se activó solo. Nadie tocó el dodecaedro. En la mayoría de los datos que dispongo, alguien tocó el dodecaedro. Ya fuese intencionalmente o por accidente.

—¿Entonces?

—No me queda claro. Hay mucha información aquí, y las opiniones de los diferentes oficiales científicos se contradicen. El de la quinta incursión decía que de alguna forma el generador estaba conectado con la mente humana. Que hurgaba en la psiquis de las personas buscando sus más profundos deseos. Entonces, en función de esos deseos, genera una historia alternativa con características de utopía.

—Claro, Daniel Echevarría era un comunista convencido. Lo era todo su grupo, a juzgar por sus expedientes —dijo Zamora—. El dodecaedro generó entonces un universo utópico donde Cuba aún pertenece al CAME y la Unión Soviética continúa ayudándonos. Es fácil desertar así.

—Sigue siendo deserción —dijo Bacallao—. Los protocolos de misión son claros. Se debe esperar a que se abra el segundo portal, en caso de no poder regresar, se debe enviar información de vuelta, o una advertencia en caso de peligro. Hay toda una lista de cosas que hacer para cada caso. Eso fue negligencia.

—Pensaban que servían a su país. Para eso se les entrenó.

—Aquel no era su país. Nuestra patria está del otro lado del túnel que se genera en aquella habitación.

—Bacallao, no quiero parecer petulante, pero nuestra patria ha hecho muchos esfuerzos porque cierta generación tenga sus lealtades para con el Marxismo Leninismo. En ese universo, el Marxismo es real y no un recuerdo vago como en el nuestro.

—¡El Marxismo es real ahora, Zamora, coño!

—El Marxismo es un recuerdo. Mira las noticias, Bacallao, no seas bruto. Mira los países del ALBA, hablan de socialismo y se pasan todo el tiempo mentando a Dios y a Jesucristo. Míranos a nosotros mismos haciendo reformas económicas y dejando que la gente entre en los hoteles a conectarse a internet. Tú sabes cómo les habrían llamado a los jovencitos que ahora solo se visten con marcas americanas y tienen teléfonos celulares en el bolsillo. Tú lo sabes, Bacallao.

—¡Les habríamos gritado gusanos!

—Gusano es una forma despectiva… —habló Matienzo y de inmediato cerró su boca como si hubiera cometido un error actuando sin pensar en las consecuencias.

—¡Gusanos son todos los contrarrevolucionarios y punto, muchachito! —Bacallao estalló—. No estuviste en los primeros años de la Revolución, no sabes cómo eran las cosas antes del 59. Yo era niño, sé lo que pasó mi familia.

—Cálmate, Bacallao —intervino Zamora—. El muchacho tiene razón. El mundo ha cambiado y nosotros con él. Ya ni la palabra gusano tiene la connotación de antes. Está claro que las lealtades de los grupos anteriores estaban más con el Marxismo que con la Patria. ¿Cómo se apaga, muchacho?

—Según el oficial de la sexta incursión, toda la Estación es un motor cuántico que funciona en modo automático. Pero en la bitácora de la segunda y cuarta expediciones aseguran que solo tocando el dodecaedro puede generarse un universo utópico. Al final todos se quedaron en uno. No tengo que leerme todo esto para saberlo. Cada persona que arribó a este lugar a través del puente Einstein-Rosem terminó desertando en uno de esos universos alternativos. Siempre en menos de una hora. Dejaron sus equipos aquí y el tiempo se detuvo para ellos cuando desaparecieron.

—Imagino que entonces el dodecaedro es una especie de controlador. Si no se usa, se activa un modo automático generando utopías al azar según el perfil sicológico de los que estén presentes en la Estación.

—Esa cosa de alguna manera también manipula el tiempo. Claro, es algo semicuántico. Funciona bajo el principio de que el medidor altera los resultados de la medición. Somos nosotros los que escogemos cuál universo se generará. Pero con nuestra mente. La mente humana es algo que no se apaga. Siempre pensamos y deseamos cosas, hasta cuando dormimos. Y esa máquina semicuántica siempre está escuchando a nuestras mentes.

—Nosotros no desertaremos —dijo Bacallao poniéndose de pie—. Permaneceremos aquí. Exploraremos esas realidades alternativas y si alguien deserta, le meto un tiro.

—No te diste cuenta, cierto.

—¿De qué, soldado?

—Cuando ocurre eso, nuestras armas y equipos se quedan aquí.

—Es verdad, teniente. El Boina Roja tiene razón —dijo Matienzo—. Ningún oficial científico pudo documentar nada dentro de una realidad alternativa. Ni con equipos analógicos como en las tres primeras expediciones, ni con las digitales de las más recientes. El solo hecho de que estén aquí todo el equipo y las armas lo demuestra. ¡Qué cosa, si hasta las chapillas se quedan aquí! Puedes traer cosas de allá pero no te puedes llevar nada.

—Así que no me puedes meter un tiro cuando estemos allí.

—¡Soldado, soldado! ¿A dónde va?

—¡Rápido! Deténganlo antes que llegue al dodecaedro… Demasiado tarde.

*La noche cae sobre el malecón y la ciudad toda despierta en una tormenta de luz y bulla. Los rascacielos llenos de luces, las grandes pantallas anunciando crema Nivea, consolas de X-Box y autos de lujo. Las fuentes inteligentes de los hoteles, los reflectores de los casinos frente al mar. La calzada de Malecón es un hervidero de luces y coches modernos. Chevrolets Corvettes, Fords Mustang y Mercedes Bentz. Y el muro del malecón lleno de gente. Gente que va de un lado a otro hablando por teléfono con sus bluetooth, sus manos libres, sentados navegando en internet. Buscando trabajo, tratando de entrar a un hotel, un casino o una discoteca. Todos en la lucha. Vestidos de lentejuelas y con alta tecnología de comunicaciones en los bolsillos. Buscando dinero, todos con cuentas por pagar.*

*El boina roja no está vestido de camuflaje. Ninguno del grupo expedicionario lo está. Todos visten de civil más o me-*

*nos a la moda. Con jeans y T-shirt. El soldado está parado*
*frente a los demás. Los ruidos de la ciudad pasan de largo.*

—*Una Cuba sin el evento 1959. Mira a tu alrededor, Las*
*Vegas ahora está aquí en el Vedado. Los hoteles y casinos*
*fueron construidos aquí. Y todo gracias a que no tumbamos*
*esa águila de hierro que está ahí.*

*Señala al monumento de las victimas del Maine y el*
*águila imperial señorea en medio de la noche. El águila nor-*
*teamericana con las alas horizontales que fue tumbada por*
*la revolución cubana en enero del 61.*

—*Dale —le dice el Boina Roja a Bacallao—, dame un tiro*
*ahora. Intenta detenerme, teniente. Puedo partirte la mano que*
*uses contra mí en tres partes diferentes. ¿Quién lo intentará?*

—*Yo podría, Villaverde —dijo el boina negra.*

—*Es cierto, sargento. Tú tal vez lo intentarías. La pelea*
*tal vez esté pareja. Hasta que llegue la Policía Nacional y el*
*SWAT. Terminarías en una estación de policía siendo inte-*
*rrogado por alguien del SIM o del Buró de Investigaciones.*
*Acuérdate que sin la Revolución no se disolvería el Servicio de*
*Inteligencia Militar. No creo que en cincuenta años los méto-*
*dos hayan cambiado y sean más tolerantes ahora con el comu-*
*nismo. Te mezclarías tanto con este universo que no podrías*
*salir de él. Llegar a salvo a la Estación. Desde un solo viaje me*
*di cuenta de cómo funciona. Mientras más alejado y desco-*
*nectado te sientas con el universo, más chance tienes de volver*
*a la Estación. Esta no es tu utopía, hombre rana. No te metas*
*en mi sueño. A un izquierdoso como tú no le iría bien aquí. Tu*
*mundo gobernado por la izquierda latinoamericana está es-*
*perándote en el corazón de esa máquina alienígena. Ve por él.*

*Y se fue. Se unió a la multitud que caminaba por la acera*
*del Malecón como si fuese una acera de New York.*

## MUNDOS PROHIBIDOS.
## FAMILIA DE AUTOVECTORES= TIERRADEVASTADA.
## AUTOVALOR 2057.

Manuel nunca quiso decirme de dónde había sacado los trajes para la radiactividad si en esta línea temporal nadie habitaba la Habana. Tierradevastada era una gran familia de realidades alternativas donde la Tierra, el continente americano, la cuenca del Caribe o parte de Cuba había sucumbido ante un desastre de algún tipo. Había visto gente salir de la Estación con nieve sobre sus hombros y cabezas provenientes de una realidad donde el cambio climático llevó a una glaciación. Vi varios chorreando agua salada salir de realidades donde el nivel del mar subió y hundió parcialmente la ciudad. En la semana que llevaba en Punto cuarenta solo había hecho una misión con Manuel y ya había visto tantas cosas raras que parecía que llevaba un año en aquel lugar. A veces sacaban del puente Einstein-Rosem a personas rodeadas de equipos médicos. Mordidas de animales imposibles de Tierradevastada, venenos exóticos de los mundos de Imperioazteca, Coloniastainas y Alianzacaribe. No puedes llevarte nada pero puedes traer cosas. Ese es el principio cero de la Estación. Si hay frío y no colapsas la función de onda con un abrigo del lugar te mueres de hipotermia. Si te muerde algo venenoso el veneno volverá contigo. Claro, a los cubanos les encanta jugar a violar las reglas. Normalmente tenemos agentes en los universos que visitamos y nos proveen de lo necesario. Y en cuanto a traer… la mayor parte del petróleo de los tanqueros soviéticos varados en Tierradevastada llega a la Cuba de esta realidad vía Estación para enriquecer más el país. Me pregunto que uso le darán.

Solo algunos mundos dentro de Tierradevastada estaban prohibidos. Las Habanas en medio de un glacial, semi hundidas por el aumento del nivel del mar y en medio del seco desierto del estrecho de la florida bajo un sol rojo tenían cierta utilidad. Las reservas monetarias permanecían en las bóvedas, los materiales de los edificios podían reutilizarse. Incluso algunas minas y pozos de petróleo quedaban operacionales. Todo un ejército de técnicos y obreros viajaba a esas realidades vacías a través de la Estación. Eran mundos seguros pues nadie querría quedarse en una tierra arruinada. Pero algunos de estas realidades alternativas estaban prohibidos para todos los viajeros. Los operadores tenían órdenes directas de no colapsar la función de onda en aquellas realidades. Este era uno de ellos. No solo por la radioactividad sino por la evidencia material existente sobre el mal manejo que hizo el estado cubano en el accidente de la planta nuclear de Juraguá.

Ciertamente, era una realidad derivada del evento ucrónico que generó varios mundos socialistas utópicos. Todos actualmente prohibidos dada la cantidad alarmante de comunistas nostálgicos que desertaban en ellas. A nadie le importaba si en una de ellas al núcleo central del reactor nuclear de Juraguá le pasó lo mismo que al de Chernóbil. Es historia alternativa y solo historia. Pero los que dirigen Punto cuarenta suelen tener sus propias preocupaciones.

Aquella mañana tenía un viaje programado. Una de esas incursiones que al ser prioridad uno Manuel las declaraba cinco minutos antes y el programa de todo el día se modificaba. Se suponía que fuéramos a uno de los mundos de Havanainglesa. A buscar uno de los desertores más escurridizos de los que se habían quedado en una realidad alternativa. Este podía saltar de realidad en realidad sin usar la estación. Fue el oficial científico en la octava expedición y al parecer sus conocimientos acerca de la tecnología de los Soñadores sobrepasaban los de cualquier experto en Punto cuarenta. Siendo graduado de Física, recién graduado cuando viajó a la Estación, tenía todo el respeto de Manuel. Al parecer tenía preferencia por los universos con eventos ucrónicos lejanos en el tiempo. Durante años saltó de realidad en realidad de los mundos de Havanainglesa hasta que los agentes de la seguridad del Estado lo acosaron demasiado y se pasó para los mundos de Laconfederacióndesaintdomingue. Una familia de ucronías derivadas de una revuelta de esclavos exitosa dirigida por Aponte.

Según el informe de misión algunos viajeros, historiadores en su mayoría, habían reportado la presencia de Matienzo nuevamente en los mundos de Havanainglesa. Con lo cual Manuel se apresuró a viajar a ellos antes que los agentes del G-2 hicieran un desastre. Según sus propias palabras.

Entonces ocurrió la Falla. Es un suceso poco común pero con varios precedentes. A veces, por razones inexplicables el motor cuántico fallaba. Y llegamos al autovalor 2057 conocido por los operadores como Mundo de Juraguá. Pese a que el reactor activo se encuentra en Cienfuegos, a más de 243 kilómetros la Habana está vacía. Fue evacuada en los años ochenta a juzgar por los periódicos viejos. Ahora la capital se encuentra en Santiago de Cuba.

Caminamos por la ciudad fantasma. Era como caminar por Prípiat solo que quedaban algunos edificios de arquitectura norteamericana. A decir verdad, nunca he caminado por Pripiat pero desde el accidente del reactor nuclear de Chernovil he leído todo lo que he podido sobre el tema. Fue algo que me conmocionó en su momento y aquí no tuvo la cobertura periodística que merecía. Todos estaban demasiado ocupados en justificar los errores de los soviéticos y en minimizar los daños. Después que la catástrofe alcanzó dimensiones internacionales y percibimos la verdadera tragedia ya xxxxx Con el tiempo e internet he conseguido hacerme una idea más clara de cómo luce una ciudad fantasma radiactiva. Esta era en extremo parecida.

El sol estaba alto y la vegetación, posiblemente mutada, lo cubría todo. Conté cerca de diez árboles en los techos de casas y edificios. Sorprendentemente había visto árboles adultos en lo alto de edificios en la Habana. Lo peor era que se trataba de mi realidad y no una en que la Habana era una zona de alienación. Caminamos por las calles vacías hasta encontrar la razón por la cual este mundo está prohibido a los viajeros por orden del Comité Central del Partido Comunista de Cuba. Un camión con un cadáver al timón y otro al lado. No fue abandonado cuando el desastre de Juraguá. Es personal de la Estación. Manuel se acerca a la parte de la carga y su contador Geiger-Muller comienza a pitar.

—¿Uranio? —digo.

—Sí, estos camiones venían desde la Zona cuatro en Cienfuegos.

—¿Enviamos gente hasta Juraguá para saquear las barras de uranio del reactor?

—Tiene lógica. Te juro que no tenía conocimiento de esto, pero tiene lógica. No hay nadie que vigile ese uranio. Lo que no contaron con que siempre que llegas a una realidad apareces en la Habana y Cienfuegos es lejos en un viaje por carretera. Aunque esté desolada. Finalmente murieron a causa de la radiactividad.

—Están matando a los que envían a estos viajes.

—Estaban. Ahora este mundo es prohibido. Los últimos que llegaron vivos reportaron que en la zona cuatro, la más cercana al reactor, había un Bosque Rojo semejante al de Prípiat pero que no fue talado. Cada árbol debe haber sido irradiado con tal intensidad que ni pasando cubierto de plomo se está a salvo allí.

—¿Los defiendes acaso? Mandaron gente a la muerte por codiciar ese puto uranio. ¿Y para qué? ¿Para tener armas nucleares igual que Corea?¿Para vendérselas a Irán por detrás del tapete? Cuba necesita comida y no armas atómicas.

—Cálmate. Estoy de acuerdo contigo pero no puedo hacer nada. Punto cuarenta es un enclave militar. No hay nada que yo pueda hacer para cambiar los protocolos que vienen «desde arriba». Y si me opongo terminaré en un calabozo en la Habana. Pero entiendo las razones por las cuales actúan así. Nunca han hecho las cosas de otra manera. Aprendieron de los rusos y ellos no es que se anduvieran con sutilezas. Usaron personal humano para limpiar el reactor de Chernóbil, las naves Vostok tenían explosivos para detonarlos si caían en territorio norteamericano. Los maestros del MININT y las FAR no fueron muy humanitarios que digamos.

—Eso no los exime del asesinato. O peor, de la negligencia.

—Al menos eran los cadáveres eran militares profesionales. No había ningún recluta del servicio militar. Esas son las buenas noticias. Las únicas. Todo lo demás ya lo sabía. Vivo en Cuba igual que tú pero no voy a llorar por un montón de sicarios muertos. Tampoco está en mis manos cambiar las cosas. Al menos no en este momento.

Entonces me pareció verlo. Era una silueta. Un hombre con traje contra la radiación. Fue solo un momento. Cuando volví a mirar ya no estaba. El traje anti radiación era más sofisticado que el de los mundos de la Crisis de octubre, más parecido al de los liquidadores de Chernóbil, pero igualmente limitaba mucho la visión. Pero era imposible que alguien estuviese allí. Estábamos en la segunda Zona de Exclusión, si los mapas dejados atrás por los militares tenían algún sentido. Dentro de ninguna de las zonas de alienación podía haber personal. El protocolo usado fue parecido al de Prípiat, solo que más moderno pues el evento ucrónico ocurrió en 1992. No teníamos idea de cómo era el mundo fuera de la Zona. Si la Unión Soviética sobrevivió a la caída a raíz del accidente nuclear que evidentemente afectó Norteamérica. Si lo que quedaba de Cuba fue ocupado por Estados Unidos y era la infantería de marina la que cuidaba el perímetro exterior de las cuatro zonas de alienación.

—Me pareció ver a alguien.

—¿Dónde?

—Allí, en esa esquina. Justo donde está ahora posado aquel gorrión albino.

—No veo a nadie. Si viste realmente algo no es de esta realidad alternativa.

—¿Un desertor acaso?

—Quién querría desertar aquí. En Cuba las cosas van mal pero no creo que nadie sueñe con vivir en este lugar.

—En Prípiat hay gente que vive clandestinamente. Les dicen *samosely* que es lo mismo que okupa.

—¿De dónde sabes tantas cosas?

—*Wikipedia*, cariño —esta vez soy yo quien le guiña un ojo—. Los militares tienen un ancho de banda en la wifi de la Cavidad que da gusto.

—Vaya, pues nunca imaginé que alguien prefiriera vivir dentro de una zona de exclusión por radiación. Pero supongo que no todo el mundo comprende el peligro al que se exponen tan solo estando en un lugar como este. Hay todo tipo de gente. Eso o acabas de ver a un Soñador.

Pronto se hace un silencio incómodo. Me sentí rara.

—Me da repeluzno estar aquí —dije en medio de un escalofrío—. Quiero irme.

—¿Repeluzno, esa palabra existe?

—Claro que existe. Yo no invento palab…

Y salimos de aquel lugar horrible.

## LA FALLA

De vuelta a la Estación. Primera deserción.

—No puede ser cierto, no es verdad —decía el boina negra—. Tiene que ser una alucinación.

—No lo fue —le dijo Zamora—. Lo viste tan claramente como yo. Busca si quieres por toda la estación. Ese muchacho ya no está. Desertó. Nadie deserta dentro de una alucinación.

—Al menos el misterio quedó aclarado —dijo Bacallao con una calma inusual. Parecía como si estuviese en *shock*.

—¿Cuál misterio, teniente?

—El de a dónde van todos los expedicionarios. Simplemente se quedan en la realidad alternativa que prefieren. Se van y se quedan al mismo tiempo —de pronto fue como si se despertara de un mal sueño. Se puso de pie y comenzó a dar órdenes—. Necesito saber cómo lo hacen. Oficial científico, vaya hasta el dodecaedro y trate de averiguar si esa cosa se apaga. Tenemos un itinerario que cumplir. Zamora, ve con él. Apágame esa cosa así tengas que desarmarla. Sargento, ¿tenemos explosivos?

—Sí, compañero teniente. C-4, cinco paquetes.

—Vaya preparándolos. En caso que los sesudos no puedan apagar esa cosa tendremos que volarla.

—Pero el potencial que tiene una máquina que genera mundos alternativos es…

—Sabes tan bien como yo, Zamora, que de nada le sirve a Cuba una máquina a la que nadie puede acceder. Nadie escapa a las tentaciones y esa máquina es una fuente infinita de tentaciones de la que nadie está a salvo. Prefiero hacerla pedazos, que me degraden y que muchachos como él se rajen el cerebro tratando de hacer ingeniería inversa. Si nos quedamos nosotros nadie sabrá qué pasa aquí arriba.

—Tienes razón, Bacallao. Vamos arriba, muchacho. A ver que puede hacerse.

*La gran pirámide se hallaba en la boca de la bahía de bolsa. A un costado del canal de entrada. En el morro del puerto había una torre de vigilancia y varias fortificaciones de piedra brillaban del otro lado del canal. Era la misma bahía de la Habana pero con las aguas azules y otras fortificaciones en lugar de las coloniales españolas. No había edificios superiores a la Gran Pirámide. A lo lejos, posiblemente en lo que en nuestro mundo era el Vedado había dos pirámides gemelas. Posiblemente consagradas a dioses menores. A un lado de la Gran Pirámide había un templo consagrado al dios de la guerra. Apestaba a descomposición y sangre. Tendría tres pisos y era muy ancho. Resultaba difícil imaginar las proporciones con pocos puntos de referencias pero posiblemente llegaba hasta lo que en nuestro mundo era la Estación Central de ferrocarriles. En el lugar donde debería estar la plaza de armas había un gran mercado. Uno gigan-*

*tesco lleno de miles de personas. En el canal de entrada tres barcos arribaban. Eran barcos de metal, semejantes a los modernos pero los puentes de mando tenían un diseño más piramidal. En cubierta había soldados con uniformes de colores, semejantes a la guardia del Vaticano pero con plumas sintéticas y atuendos raros. La gente se acercaba al muro del malecón a saludar a los barcos.*

*—Esclavos —gritaban—, esclavos prisioneros de la guerra florida en Europa. Corazones para los sacrificios.*

*—Espero que sean eslavos o nórdicos. Se resignan al dolor como los antiguos tlaxcaltecas. Los españoles y los italianos chillan como cerdos. Está bien alabar a los dioses del pasado pero no tenemos por qué tener que escuchar gritos de dolor todo el día. La ciudad es próspera, Tláloc nos bendice cada temporada. Pagamos el impuesto a México a tiempo. ¿Por qué hacen los sacrificios aquí?*

*—Porque el continente está cansado de derramar sangre. ¿No lees las noticias? Ha habido levantamientos en el sur. Incluso hay guerrillas de Quetzalcóatl en toda la Amazonia. Los Mexica quieren que se calmen las cosas a costa nuestra.*

*—Siempre es mejor que los mexica hagan sus sacrificios aquí a que los hagan en Tenochtitlán y tengamos que enviar nosotros los esclavos para el sacrificio. O peor, que nos ocupen como la vez pasada. No me agrada la guardia pero al menos habla español y no nahual.*

*Los gritos de los comerciantes y los salve al dios de la guerra Azteca apagaron las voces. Nosotros vestíamos un atuendo indígena de material sintético y algunas plumas ornamentales, igualmente sintéticas.*

*—¿Qué es esto? —dijo Bacallao.*

—Un universo donde Cortez perdió la campaña de México y los aztecas ocuparon las Antillas —dijo Matienzo por primera vez seguro de sí mismo—. Todos aquí hablan español así que asumiré que son los descendientes de españoles. Imagino que aquí los pocos que desciendan de indios taínos sean la clase dominante y todos traten de ocultar su bisabuelo español.

—¿Quién habría querido venir hasta aquí? No conozco nadie tan fanático a los aztecas. Y si pensó en la integridad latinoamericana me parece que hay montones de universos donde Simón Bolívar consiguió mantener la Gran Colombia. ¡Vaya!

—Yo creo que es un error.

—¿Un error? —dije yo—. ¿De quién?

—De la Estación. Toda máquina, incluso las alienígenas, tiene errores. Creo que es una falla espontánea.

—Es posible —dije—. También puede ser la reacción de ese motor cuántico ante la iniciativa de Bacallao de desarmarlo o volarlo en pedazos.

—¿Acaso piensas que esa cosa piensa?

—Esa cosa es alienígena. O extradimensional, ya eso no me queda muy claro. El punto es que debe tener algún tipo de mando automatizado para que funcione por tanto tiempo. Algo parecido a una de nuestras computadoras pero más sofisticado. Posiblemente conectado a los sensores de la Estación. Que no porque no sean visibles no existen. Ni siquiera sabemos en cuántas frecuencias esa mente mecánica nos ha estado escaneando. Posiblemente lee nuestros pensamientos, o algo equivalente. Pienso que nos ha mandado aquí para que no la desarmemos.

—¿Y cómo regresamos?

—Dejando claro que no intentaremos destruirla. Recuerda, Bacallao, esa cosa nos escanea la mente. No *podemos mentir. Todos tenemos que estar sinceramente convencidos de no querer destruir el dodecaedro o tendremos que resignarnos a vivir en esta Habana azteca.*

*Un sonido como de un cuerno siendo soplado salió del templo. El lugar parecía tener una acústica enorme o poseía un sistema de audio superior a los de nuestro universo. Uno de los sacerdotes se paró frente a la multitud y comenzó a hablar en nahual. Pude escuchar el feedback del equipo de audio. Estaba usando un micrófono.*

*Alguien choca conmigo en la multitud. Todo el grupo está aguantado de las manos como si fuésemos niños en la primaria. Tenemos el horror marcado en el rostro. El hombre viste plumas de plástico y tela sintética. Me mira afablemente, como si yo fuera un turista extraviado. Parece que hay actitudes que no cambiarán en ningún universo.*

*—Ustedes no son de aquí, ¿cierto? —nos mira fijo y sentimos un escalofrío por todo el cuerpo—. ¿Son inmigrantes españoles? Es común que tengan miedo. En Europa no tienen grandes pirámides y los sacrificios pueden ser un poco excesivos en cuanto a la sangre. Pero igual se acostumbrarán, como al picante. Es parte de América, un precio pequeño por vivir en el primer mundo. Ustedes por lo menos hablan español. Ahora solo deben aprender arawak y nahual. En los mejores empleos solicitan gente que sepa nahual. Esta pirámide es la más grande del Caribe y la tercera en altura de América. Después de la pirámide del sol de Teotihuacán y la de…*

*El hombre nos sigue hablando y hablando. Parece no querer callarse nunca. Que si sabe por aquí dónde venden el cacao más puro de la región, que si conoce casas donde podremos quedarnos por un precio módico. Tratamos de eludirlo pero se nos pega como un depredador a su presa.*

En lo alto del Gran Templo de la Habana el sacerdote comienza su liturgia en nahual. Alza su puñal de obsidiana y se acerca al primer esclavo. Levanta la mano y clava la navaja de piedra en el pecho del sacrificado. Con destreza manual le abre el pecho y saca su corazón mostrándolo al público. Coloca el corazón en su lugar del templo de Huitzilopochtli, decapita el cuerpo y los ayudantes lo colocan en su sitio. Luego pasa el siguiente esclavo y se acuesta en el altar. Pronto salen del fondo del altar varios pinchos que matan al esclavo. Es un mecanismo automático que mata prisioneros como si fueran pollos en una línea de ensamblaje. Los ayudantes se apresuran a sacar los corazones de los muertos y colocarlos al pie del dios de la guerra.

—Ya pasó la parte interesante —dijo nuestro nuevo amigo—. Ahora comienza la parte monótona. ¡Estos aztecas y sus máquinas!

—Creo que voy a vomitar —dice Matienzo.

—Vámonos de aquí.

—Está bien —dijo Bacallao como si hablara con un interlocutor invisible—. No destruiremos nada. Las órdenes son esperar. Aguantar hasta que se abra el segundo puente Einstein-Rosem. Hasta entonces trataremos de no pensar en nada.

Y salimos de aquel infierno azteca.

## FAMILIA DE AUTOVECTORES = HAVANAINGLESA. AUTOVALOR 0098

Los coches de vapor pasaban por la calle a gran velocidad. Como si fueran autos modernos de gasolina. Solo las chimeneas aerodinámicas soltando humo a borbotones delataban su motor de vapor. El humo se acumulaba sobre nuestras cabezas y no a nuestro alrededor. Era de color blanco y denso. No creo que se trate de vapor de agua.

En una esquina un grupo protestaba en inglés sobre el efecto de la industria moderna en el cambio climático. Tuve que aguantar las ganas de reír. Habíamos aparecido con ropas apropiadas al lugar. Una moda parca y conservadora. Manuel llevaba camisa de cuello y traje, yo una saya larga como si estuviera en una escuela católica. Me pregunté qué fue de esta isla en los años setenta.

—Prepárate para encontrar algo fuera de lo común —dijo Manuel.

—¿Cómo qué?

—No lo sé aún. Este mundo es una derivación moderna del evento ucrónico toma de Havana por los Ingleses. Es un autovalor con espín *up,* así que los ingleses se quedaron. Todo lo que no sea coherente con ello es nuestro objetivo.

—Sabes que no entiendo ni la mitad de lo que dices.

—Con papel y lápiz te lo podría explicar mejor. Solo concéntrate en buscar algo que no habría sido posible si este mundo hubiera seguido el ritmo histórico normal.

Al principio pensaba que solo quería echarme en cara lo inteligente que era. Creía que se mofaba de mí por despreciarlo en la secundaria por ser estudioso e inteligente. Y ahora que la inteligencia valía la pena me lo mostraba una y otra vez. Pero después me di cuente que no. Al parecer tiene que ver con la carrera de Física. Estudiar tanto y saberse todas esas ecuaciones… en la universidad se decía que todos terminaban locos. Pero Manuel no está loco. Es el mismo Manuel de siempre, más seguro de sí mismo y con la autoridad de su lado, pero el mismo. Lo que pasa es que su mente lo procesa todo como si fuera una ecuación matemática. Me pregunto qué tipo de ecuación seré yo para él. Una muy simple, imagino.

—¿Quiénes son los Soñadores?

—Los que construyeron la Cavidad y la Estación. Antes del descubrimiento del motor cuántico que colapsa las funciones de probabilidad ucrónica se les decía los Ingenieros y se pensaba eran extraterrestres. Pero después se los llamó así y se suponen que vienen de otro mundo alternativo. Algunos viajeros los han visto. Desertores en su mayoría. Parados al margen de la realidad, contemplándolo todo.

—Por eso buscas desertores.

—Para mí no son desertores. La mayoría no ha traicionado sus principios. Solo son viajeros. Se mueven entre las soluciones de la ecuación de onda de Todos los Mundos Probables. Buscan la solución idónea. La realidad ideal. Solo eso.

Era hora de hacer mi trabajo. Me concentré en observar todo a mí alrededor. No era la misma ciudad donde había nacido. Aunque en realidad sí lo era. El mar estaba al norte pero no había fortalezas coloniales en la boca de la bahía. En el lugar donde se alzaba el castillo de los tres reyes del Morro con torre emblemática símbolo de la ciudad solo había un viejo faro y algunas torres transmisoras de televisión. La calzada del Malecón no existía y el mar llegaba más al sur terminando en una modesta playa donde empezaba la ciudad. La mayoría de los edificios del Vedado fueron construidos en la Habana original por dueños norteamericanos después de la independencia. En este mundo solo había casas bajas al estilo inglés y las torres de las grandes corporaciones se elevaban a lo lejos, del otro lado del río Almendares.

Había propaganda por todas partes. Todo en inglés. Anunciaban el estreno de la trilogía de El Señor de los anillos y una nueva temporada en TV de Sherlock Holmes. Era la misma ciudad pero la falla ucrónica era tan lejana en el tiempo que solo reconocía la giraldilla como símbolo de la ciudad. La vi en el monograma de un policía metropolitano y casi empiezo a dar saltos de emoción.

Me concentré en mi entorno. La gente pasaba conversando, hablando por teléfono, enviando mensajes de texto. La propaganda, las conversaciones todo era en inglés. Hasta que una palabra en español resaltó en aquel torbellino anglosajón.

*The oldest observatory of Habana city.*

Se trataba de un anuncio sobre un ciclo de conferencias que daría un astrofísico inglés en el Observatorio Astronómico de Belén. Al parecer el antiguo Colegio de Belén, en mi mundo Instituto Técnico Militar o ITM, se había convertido en un renombrado observatorio astronómico. El mayor y más antiguo de la Habana, decía el cartel.

—¿Qué tiene de extraordinario?

Dijo Manuel y yo vi venir la oportunidad de mostrarle que yo también era buena haciendo mi parte.

—El nombre de la ciudad está en español.

—Los nombres propios de las ciudades no se traducen ¿no?

—No una ciudad conquistada por los británicos en 1762. Su nombre ha sido desde entonces Havana y si los datos del Smartphone que encontré en mi bolsillo cuando llegamos son ciertos hasta el siglo XIX se le dijo Havanah. Nadie cometería un error como ese a menos que venga de un mundo donde hasta en inglés se le dice Habana a la ciudad.

—Así que solo tenemos que buscar a la persona en el departamento de publicidad del Real Observatorio de Belén.

—Dime que soy buena en esto.

—Lo eres, por eso le pedí a los militares que te contrataran.

Manuel tenía documentos que lo acreditaban como alguien importante en esta realidad. Desconozco si tenía algún agente viviendo en aquel mundo y le proporcionaba la documentación adecuada, o los operadores también podían influir en los documentos que aparecían en los bolsillos de cada viajero. Todos los trabajadores del observatorio se mostraron cooperativos dado que nunca habían conocido a un noble. Fue fácil encontrar en la plantilla del departamento de marketing del observatorio un apellido hispánico. En especial si era el apellido que Manuel buscaba: Matienzo.

Lo encontramos más porque se dejó encontrar que por nuestra tenacidad. Fue cuidadoso de decirle a todos sus compañeros de trabajo que tomaría el té en su oficina. Era un muchachito con cara asustadiza pero mirada firme. De contemplar tantos mundos dentro de un mismo mundo. Según su expediente de búsqueda había residido en decenas de realidades alternativas, mas nunca había salido de la Habana. Cuando llegamos tenía tres tazas servidas y había encendido un tabaco de la compañía de Indias Occidentales.

—Usted era el oficial científico en la expedición de 2013.

—En efecto. Imagino que vienen por mí ¿cierto?

—No, de hecho usted no me interesa —dijo Manuel al tal Matienzo. El joven abrió tanto los ojos, de puro asombro, que parecía que se le iban a salir de las cuencas—. Para empezar si hubiera venido con gente entrenada para atraparte habrías salido de esta realidad. Cada vez que nuestros agentes han dado contigo has hecho lo mismo. De algún modo haces colapsar la función de onda utópica en otro universo de la misma familia de auto vectores de la ecuación de onda. Por alguna razón te gustan los mundos anglosajones generados por el evento ucrónico Toma de la Habana por los ingleses.

—Sí, es cierto. De pequeño siempre me gustaron las cosas en inglés pero los americanos no me hacían gracia. Siempre he tenido un gusto más británico. Y no importa a cuántos autovalores visites, en todas te dan té y galleticas en las cafeterías. Da lo mismo si Cuba es protectorado británico como independiente. ¿Supongo que le interesa saber cómo lo hago?

—Sé cómo lo hace. Se concentra en la ecuación de Schrödinger para Todos los Mundos Probables y obtiene una solución entre la familia de autovectores de las Habanas inglesas. Entonces colapsa la función de onda. Cualquiera puede hacerlo una vez que la Estación te coloca en un mundo.

—¿Se puede? —intervine— ¿Entonces por qué pasamos tanto trabajo volviendo a la Estación, solicitando un permiso a través del puente Einstein-Rosem y luego pidiéndole a los operadores que nos trajeran aquí?

—Porque es el protocolo. A nuestros jefes siempre les han preocupado las deserciones. Más ahora que existen infinitos mundos ideales para desertar. Tan solo tienes que escoger el que se acopla a tu manera de pensar. Generalmente nadie lo sabe y todos dependen de los operadores. Supongo que de tanto usar el casco, seguir instrucciones y apegarse a los protocolos de misión se acaba no pensando. De hecho, Ana, tú fuiste quien nos sacó de Tierradevastada. Inconscientemente re-colapsaste la función de Todos los Mundos Posibles y los operadores de la Estación nos ubicaron. Casi no te diste cuenta pero estuvimos unos segundos en un autovalor de una de las Habanas Glaciales.

—Recuerdo el frío…

—Entonces para qué me necesita, doctor Hoffman —Matienzo casi parecía divertido con nuestra conversación.

—Porque usted ha visto a un Soñador.

—¿A quién?

—En su tiempo les decíamos los Ingenieros.

—Ah, los que construyeron la Estación de paso. Sí, me he topado con algunos. Me gusta llamarles los Observadores. Han creado una entramada y compleja telaraña cuántica para solo sentarse a ver qué pasa.

—¿Cómo doy con ellos?

—No se da con ellos, doctor, ellos dan contigo. Solo tienes que hacer las cosas que ellos esperan que alguien haga. La primera vez que me escapé de un arresto saltando a otro autovalor de la ecuación de onda fue que me contactaron. Solo tiene que plantearse las preguntas correctas y actuar en consecuencia.

—¿Cuáles son esas preguntas?

—Por qué todos los mundos alternativos colapsan en la ciudad de la Habana. Se pueden crear millones de mundos posibles centrados en New York, Moscú, Beijín o Tokio. ¿Por qué la Habana?

—Muchos en Punto cuarenta piensan que es porque la Estación está sobre la Habana.

—Entonces trate de imaginar un método para mover la Estación de lugar. A lo mejor eso es lo que necesita para que los Observadores lo contacten. Ahora si me disculpan. Tengo que desaparecer de esta realidad. Supongo que los científicos no somos particularmente buenos eludiendo los agentes del Ministerio del Interior.

—¿Ya están aquí?

—Sí, lo cual es una lástima porque me gustaba este trabajo.

—¿Cómo lo haces? ¿Cómo los detectas?

—Cuando los veas te darás cuenta. Ni siquiera es algo tan rebuscado, incluso es trivial. Buenos días y suerte en la búsqueda.

Se abrió la puerta de golpe. Por ella entraron unos cinco hombres vestidos con smoking, capas cortas y gafas oscuras de autentico cristal. Matienzo se puso de pie y se limitó a desaparecer. Los hombres corrieron hasta donde antes estaba de pie dando voces de alto como si con ello pudieran detener su desvanecimiento de la realidad. Al percatarse que su presa había desaparecido definitivamente nos rodearon a nosotros. Conocían a Manuel. Cualquiera que viaje a través de la Estación sabe quien es Manuel Hoffman. De eso ya me he dado cuenta. Se identificaron como oficiales de la Seguridad del Estado y nos dijeron que teníamos que volver a la Estación. Manuel comenzó a reír a carcajadas. Irritantemente alto.

—¿Cuál es el chiste? —dijo uno de los oficiales muy serio.

—Qué ya sé cómo es que se da cuenta que lo van a atrapar y escapa —dijo Manuel en medio del ataque de risa.

—Pues díganoslo porque ya lo hemos perdido cinco veces.

—Ustedes allá en la realidad cero siempre se visten igual, con guayaberas o camisas por dentro y gafas oscuras. Si fueran a los mundos prohibidos del grupo de auto vectores de habanasinFidel vestirían de Armani con gafas oscuras e intercomunicadores en las orejas. Aquí visten smokings y llevan gafas de cristal redondo oscuro. La ropa con la que aparecemos en estas realidades está acorde a dos cosas. A esta realidad a la que llegamos y a nuestro subconsciente. Ustedes inconscientemente siempre van de uniforme. Y no uno cualquiera, llevan el uniforme de los agentes.

Y estuvo riendo hasta que llegamos a la Estación.

## MUNDOS PROHIBIDOS.
## FAMILIA DE AUTOVECTORES= UTOPÍASOCIALISTAS.
## AUTOVALOR 6790

De vuelta a la Estación. Felices de estar vivos.

—¿No hay un modo de apagar esa cosa de manera segura? No quisiera volver a visitar un mundo como ese.

—A juzgar por los datos que recopilaron las incursiones anteriores, no, ingeniero. Este lugar más parece una trampa que una estación de tránsito —mientras hablaba Matienzo el Boina Negra miró a Zamora como quien dice «te lo dije»—. No hay puertas que den a esclusas de salida. No hay puertos de atraque para otras naves. Los que hicieron esto querían que viajásemos por esos universos.

—¿Eran acaso exploradores de universos?

—No lo creo. El motor funciona generando una onda de probabilidad. Una especie de familia de mundos posibles. Cuando se conecta con la mente humana, nuestra mente colapsa esa función de onda y genera todo un universo particular. Hay millones de universos posibles, paralelos al nuestro, pero solo hay tantos como humanos se hayan puesto en contacto con la máquina. El resto de ellos es aún probable pero todavía no es real. Nuestros universos utópicos no tienen nada que ver con lo que considerarían utópico los alienígenas.

—Para colmo, el único generador de portales de paso está en Cuba. Así que es una trampa pensada para nosotros.

—O un medio de escape.

—Cuidado con esas palabras —dijo Bacallao.

—Nadie ha regresado. La probabilidad de que regresemos para que me condenen en un tribunal militar es muy reducida, así que no me callaré. ¿Acaso no lo ha pensado ni por un minuto, teniente?

—¡Sargento, cállese!

—¿Pensar en qué? —dijo Zamora—¿De qué habla?

—En una utopía según su modo de pensar. En una Revolución perfecta. Nadie piensa nunca exactamente como el gobierno. Al menos no como el nuestro. Es demasiado cambiante. Quien era un verdadero revolucionario antes, es imposible que pueda serlo ahora. Al menos no de corazón. Incluso los que eran delincuentes y negociantes antes, ahora son particulares emprendedores que pagan impuestos. Los que combatían las reminiscencias burguesas en los setenta ahora se les considera censores por las mismas autoridades. Mi punto es que nadie puede haber sido verdaderamente revolucionario los cincuenta y pico de años que llevamos montados en este tren. Los vagones han sido remodelados demasiadas veces como para que el viaje sea placentero todo el tiempo.

—¡Sargento, mida sus palabras!

—Yo creo que usted sí que ha pensado en un mundo verdaderamente correcto. Creo que lo ha pensado desde que llegó, pero no quiere reconocerlo. Por eso intentó desarmar el motor cuántico a como diera lugar. Incluso usando explosivos. Todos sabemos que estamos en el espacio. Es una locura usar explosivos aquí. Ni siquiera a sabiendas de que el metal es de origen extraterrestre y bien podría absorber la energía del C-4. Usted se la pasa todo el tiempo tratando de ser más comunista que nadie y más defensor de los rusos que el propio Stalin. Yo pienso que así es como quiere que lo veamos nosotros. Como el revolucionario perfecto. Pero tal cosa no existe. Ni el revolucionario ni el comunista perfecto.

—¡Sargento cállese!

—No me callaré. Recuerde que la AK la tengo yo. He leído su expediente, teniente. Antes del Periodo Especial usted no era bien visto en el MININT. No aclara mucho, pero si me permiten apostar, diría que fue por razones políticas. Nadie de su edad, y con principios tan férreos, es un simple teniente. Al menos que piense diferente a sus jefes, claro. Su padre fue un alto oficial de las FAR. Fue parte de la misión cubana en Angola. Peleó en la batalla de Cuito Cuanavale y fue retirado muy joven. Sabemos como funciona el ejército en este país. Nadie nunca se retira a menos que lo retiren.

—Es verdad. Acertó, sargento. Digamos que mi padre tenía un ideal diferente al resto de sus compañeros.

—Creo además que es más probable que usted deserte en uno de esos universos estalinistas antes que yo.

—No será precisamente en uno estalinista. Usted no sabe nada de sobre mí, sargento.

—¡Calma los dos! ¿Qué hora es Matienzo?

—Falta menos de media hora para que se abra el portal de paso.

—Me pregunto cómo escogerá esa cosa el universo que debe colapsar. Somos cuatro personas.

—Yo sé cómo —dijo Bacallao—, se aferra al deseo más fuerte. Y no puedo evitar pensar en él. Al menos no después que este hijo de puta me hiciera perder el control.

*Quinta avenida está llena de banderas rojas y fotos de Mao-Zedong, José Martí y Kim Il Sung. En una valla hay una foto enorme de Raúl Castro dándole la mano a Kim Jong-un. La policía ha detenido el tráfico y la calzada está desértica. Los oficiales llevan petos contra disturbios y PPSH chinos. Hay cámaras de tráfico en todos los postes. En las entre calles el pueblo se amontona tras las barreras de contención. Junto a los semáforos hay pantallas planas que indican cuándo se debe aplaudir, cuándo gritar y qué consigna decir cuando pase el carro con el presidente de la República Democrática y Popular de Corea Unida.*

*—Apártense —dice el oficial de policía—. Esta es un área restringida.*

*—Yo soy el capitán José Raúl Bacallao. Revise su portátil y verá con quien está hablando.*

*El policía saca un table táctil y comienza a navegar en algún tipo de sub-red inalámbrica. Se toma su tiempo para leer.*

*—¿Qué haces, Bacallao?*

*—Genero un lugar en el que yo no sea el perdedor. Un lugar como el que soñó mi padre.*

*—No sabía que tu padre fuera Maoísta.*

*—No sabes nada sobre mí, Zamora. Tampoco sabes el daño que el comunismo de Europa del Este le hizo a este país. Los rusos solo nos convirtieron en su satélite político. Hicieron de nosotros un mono productor de azúcar para el CAME. Mi padre se los dijo pero no le hicieron caso. Por respeto a sus medallas y sus años en Angola lo*

*dejaron retirarse. Murió viejo y triste por culpa de esos comemierdas que no veían el futuro con la claridad de él. China, en cambio, siempre nos ha ayudado. China es el futuro. Nadie pudo jamás con ella y tampoco ahora. He creado la Revolución verdaderamente invicta en la historia. Y me voy a quedar aquí.*

*—Disculpe, capitán —dice el policía—. No sabía que el G-2 había enviado a un supervisor —el policía hizo una reverencia pronunciada como si se tratase de un asiático—. Acompáñeme, lo llevaré al punto de control.*

*—Ahora eres el jefe, Zamora. Tú ya lo dijiste. Espera a ver si puedes aguantar los veinte minutos que te faltan y volver a esa Cuba desastrosa y perdedora que tanto te gusta.*

*—¿Ellos vienen con usted, oficial? —dijo el policía manteniendo una respetuosa distancia.*

*—No —dijo Bacallao—, ellos ya se van.*

## LA INSPECCIÓN DEL NIVEL CENTRAL

Llegamos a la Estación. Los agentes de la Seguridad del Estado vestían todos de guayabera o camisas de hilo por dentro del pantalón. Se veían todos muy graciosos con el casco de no-pensar. Le lancé una mirada cómplice a Manuel y este volvió a reír, aunque esta vez fue menos enérgico.

Los agentes nos acompañaron a las oficinas en el nivel inferior de la Estación. En un cuarto con paredes de madera había un buró atornillado al suelo y dos sillas. Sentado en el buró había un hombre. De pie, a un costado, estaba una mujer. Todos con el casco de no-pensar. Al hombre lo conocía. Era el capitán Gabriel Fonseca Guerra, el jefe de la contrainteligencia militar en Punto cuarenta. La persona que representaba el control sobre todo y todas las cosas. A la mujer no la conocía.

—Doctor Hoffman, Licenciada Salas, ella es la capitana Roberta Valenzuela del departamento de Seguridad del Estado. Se encuentra en estos momentos en las instalaciones del enclave Punto cuarenta como parte de una inspección que nos hace el nivel central.

—¿Hay algo que quisiera comentarnos respecto a su última misión, doctor Hoffman? —dijo la mujer con cara de sicario.

—Veo que enviaron un grupo tras de mi para intentar capturar al oficial científico de la expedición de 2013.

—Usted estaba en el deber de atraparle, doctor Hoffman —Roberta se sentó a un costado de la mesa—. He revisado todos los informes de misión y usted ha estado trabajando por encima de los objetivos de este enclave. Mandó a reclutar a esta historiadora solo para poder rastrear a este escurridizo de Matienzo. Si la hubiéramos tenido a ella con nosotros no se nos habría escapado.

—Sí sus agentes tuvieran la mente menos cuadrada tal vez harían bien su trabajo. Matienzo no es un comemierda, ya era muy inteligente antes de comenzar a viajar por otras realidades alternativas.

—¡Usted actúa como si las FAR y el MININT fueran organizaciones privadas de su propiedad!

—El estado mayor del Ministerio de las FAR está informado del objetivo de mi investigación. No tengo nada más que agregar a menos que su grado militar tenga los ramos de olivo que llevan los generales y los comandantes.

—¡No se haga el gracioso, Hoffman! Sé perfectamente cuál es el objetivo de su trabajo aquí. Esa idea ilusoria de encontrar a los Soñadores. Estamos atrasados en el plan de rescatar recursos de los universos habanaenruinas. La obtención de tecnología en las realidades de los mundos aztecas también está atrasado, no hacen más que pedir personal para sacrificios humanos. Los grupos de derechos humanos van a explotar si comenzamos a desaparecer gente. El petróleo y el acero que sacamos de la Tierradevastada no es suficiente para salir de la crisis económica y tuvimos que cancelar la recuperación del uranio en el autovalor 2057 ¡Y usted solo piensa en gastar los recursos del Estado cubano en perseguir a los soñadores!

—El viaje por las diferentes realidades alternativas es de origen cuántico, por tanto totalmente gratis. No entiendo a qué recursos del estado se refiere.

—¡Pero que se ha creído usted! ¡No se haga el gracioso conmigo! Ninguno de los generales a los que les ha llenado la cabeza de humo podrá salvarlo de mí. ¡Yo sí que soy tu peor pesadilla, muchachito! Así que no te hagas el rebelde sin causa conmigo.

—Verá, capitana Valenzuela. Creo firmemente que ni ustedes, ni los rusos sabían lo que se encontraron hasta que me llamaron para trabajar aquí. Convertí una trampa de la que no volvía ninguna expedición en una estación de paso a otras realidades. Creé los protocolos de viaje seguro que todos han usado para generar ganancias, no cuestionaré aquí si fueron para el país o no. He inventado espacios métricos para conseguir formulaciones veraces para el viaje por los mundos alternativos, he hecho tantas cosas que si este programa no fuera secreto ya tendría el premio nobel y las ecuaciones fundamentales de la teoría se llamarían ecuaciones de Hoffman Pérez. Así que no le voy a permitir, capitana, que me trate como a un delincuente, uno de los disidentes que interroga allá en Villa Marista o uno de los reclutan que se mean y se cagan encima cuando escuchan la palabra G-2 o Seguridad del Estado.

La capitana Roberta Valenzuela se puso roja de ira. Comenzó a hablar bajito pero en un tono firme.

—Porque tú te vas a hacer el gallito conmigo —su voz era casi un susurro—, está bien. Vamos a ver quién puede más.

Acto seguido apretó un botón instalado en la base de la mesa y se oyó un timbre áspero del otro lado de la puerta. Segundos después entraron hombres varios hombres armados.

Tenían uniforme de policía pero en lugar del azul de la Policía Nacional Revolucionaria usaban un tono más pegado al Prusia. Sus monogramas tenían un gallo de pelea mostrando las espuelas. Eran de la brigada especial nacional. Portaban fusiles AK con culata plegable y los cascos de no-pensar llevaban visores protectores como si fueran tropas antimotines.

—¡Llévenlo de vuelta a la Cavidad! Una vez en Punto cuarenta métanlo en un calabozo hasta que podamos trasladarlo en helicóptero para la Habana. Ya veremos si te portas como un gallo de pelea en Villa Marista.

Villa Marista era el lugar donde antes de 1959 hacían deporte los estudiantes de un bachillerato católico llamado los Maristas. Después de la Revolución fue transformado en los cuarteles centrales del DSE. Generalmente atendían problemas políticos pero las historias que se contaban de allí eran terribles.

No podía permitir que Manuel terminara allí. Lo había abandonado en la secundaria y en el pre. Lo había olvidado durante la universidad, pero ahora no lo iba a dejar abandonado. Manuel tenía las manos en alto y los cuatro fusiles le apuntaban. El capitán Fonseca tenía el ceño fruncido y Roberta Valenzuela una sonrisa espeluznante. Nadie me miraba a mí.

Así que me quité el casco.

Me largué de allí.

Y me llevé a todos conmigo.

Imaginé un mundo terrible y me llevé a todos para allá. Manuel, Gabriel Fonseca, Roberta Valenzuela, los tipos de la brigada especial, los de tropas especiales, los técnicos, hasta los operadores me llevé. Y nadie pudo hacer nada para impedírmelo.

## MUNDOS PROHIBIDOS.
## FAMILIA DE AUTOVECTORES= MUNDOSDELCHÉ.
## AUTOVALOR 0002. ESPÍN: *UP.*

De nuevo en la Estación. Dos deserciones. 19 minutos para que se abra el portal de paso. Matienzo, el sargento de los boinas negras y yo. Estamos sentados en el suelo. Lejos de las armas, de las computadoras y las valijas de cosmonautas. Ninguna de esas cosas tiene utilidad ahora. Dentro de la Estación no necesitamos nada de los cosmonautas. A donde vamos no podemos llevar las armas. Y los datos ya están registrados, solo tenemos que sobrevivir estos 19 minutos. Pero todos sabemos que aunque nos pongamos a hacer yoga y dejemos nuestras mentes en blanco el motor se encenderá. La Estación marcará un mundo al azar y nos mandará en lugar de a nuestra utopía a un infierno.

—¿Qué hacemos ahora? — dijo el Boina Negra.

—Solo hay dos opciones —respondo—. Esperar caer en una nueva realidad o escoger nosotros un universo. Una utopía.

—Esas son ilusiones.

—No, no son ilusiones —interviene Matienzo—.
Son universos reales. Podemos arreglar las cosas.

—Eso sería escapar de la realidad —insiste el sargento—. Hay millones de cubanos allá abajo, en la Tierra, a los que no podrás arreglarles la vida escogiendo un universo utópico.

—Se llama arreglar la realidad, y hay millones de cubanos que pueden vivir felices y dignos en el universo que se te ocurra. Solo hay que escoger el giro adecuado de la historia.

—Querrás decir el líder adecuado.

—Exactamente.

—¡Nadie en esta habitación continúe pensando eso que están pensando! —digo y me pongo de pie.

Pero fue demasiado tarde.

*Avenida Rancho Boyeros. A solo unos trescientos metros de la Plaza de la Revolución. El monumento a José Martí que cariñosamente los habaneros llaman «la raspadura» puede verse majestuoso contra el cielo azul y sin nubes. La avenida está desierta, en algún punto cercano el tráfico está desviado. Solo hay transeúntes en la calle. Las pancartas a ambos lados de la vía muestran la consigna del momento.*

*¡ACABEMOS CON LA CORRUPCIÓN!*

*Un periódico Granma abandonado se desliza por la acera esclavo del viento. Se detiene frente a nosotros, puede leerse el editorial.*

*MÁS EFICIENCIA, MÁS CALIDAD*

*Seguimos caminando por la avenida junto a cientos de personas que van para la plaza. Cada cien metros puede verse uno que otro policía vestido de verde olivo. Hay banderas cubanas por todas partes. En la lejanía, con la claridad del audio digital, se oye una voz melodiosa y agradable. Una voz poderosa y con carácter. Aunque está cambiada por los años, es la misma voz de los discursos famosos. La voz que dijo: «Al imperialismo, ni un tantito así». Habla de no ceder ante las presiones del enemigo. Habla del bloqueo y del ALBA.*

*Ya estamos en la Plaza. Hay una multitud de pie, escuchando. La misma multitud ciega de siempre. La misma multitud que asiente. Igual en todos los universos.*

*En el edificio de la Biblioteca Nacional hay una gigantografía de varios metros de alto que parece cubrir el edificio. En ella, Cristina Fernández de Krichner le da la mano a un Ernesto Guevara canoso y vestido de verde olivo. En sus hombros, los grados de comandante en Jefe. La actitud de la presidenta vitalicia de Argentina es de devoción, como quien tiene la oportunidad de encontrarse cara a cara con un dios. Abajo puede leerse:*

CUBA SE INSERTA EXITOSAMENTE EN EL ALBA.

*En el edificio del Ministerio del Interior no está la imagen de siempre. No es el Che, porque Ernesto Guevara está hablando desde la tribuna, viejo, pero firme como un roble milenario. Con la boina negra sobre el pelo cano, la voz melodiosa y la mirada firme. Mientras, en el edificio del MININT, está la foto iconográfica llevada al metal por un artista. Es la imagen de Fidel Castro. El héroe de la Revolución. El Mártir del pasado, inmortalizado en la Plaza cual ícono de la izquierda mundial. Descansando en el mausoleo con su nombre. Allí, junto a la torre y la estatua de Martí.*

*Desde nuestra posición podemos ver la guardia de honor del panteón. Los trajes de camuflaje de los soldados parados en firme frente a la tumba del líder histórico. A mi alrededor veo gente con teléfonos celulares, en su mayoría de manufactura china. Busco en mi bolsillo y encuentro uno. Es de marca Xian Xao. Tiene red. Una wifi local pero suficientemente rica en sitios web. Busco Wikipedia, o un equivalente. Se llama EcuRed, evidentemente esto no es internet. Es solo intranet con algunos sitios venezolanos y argentinos. Más bien se trata de una internet II montada sobre servidores y satélites propios de los países del ALBA. Busco la fecha de la muerte de Fidel Castro. 13 de octubre de 1962. Justo después de la crisis de octubre. El comandante Guevara asumió el mando del país luego del atentado. Después de todo ya había sido declarado ciudadano cubano por el propio Fidel.*

*—Este es el mejor mundo posible —dice el boina negra—, lo lamento, pero en esta parada me bajo yo. Ustedes no necesitarán escolta en la Estación. Por favor, no intenten detenerme.*

*Al boina negra le brillan los ojos mientras avanza hacia la multitud. Intentamos detenerle, pero los gritos de «Viva el Comandante Guevara» y «Viva la Revolución» ahogan nuestras voces.*

## MUNDOS PROHIBIDOS.
## FAMILIA DE AUTOVECTORES= PERIODOESPECIAL.
## AUTOVALOR 7944

Cuando era niña recuerdo con total claridad los suce-
sos del Mariel. Recuerdo las noticias sobre la Embajada
del Perú y mi madre explicándome que había personas
que no querían vivir en Cuba y fueron allá para poder
irse. Recuerdo los mítines repudio, los gritos y las consignas. Recuerdo a mi padre rojo de ira diciendo que si
había gente que quería irse que se fuera. Que no había
que gritarles nada, ni ofenderlos ni lanzarles huevos.

Recuerdo todo menos las consignas. En su momento
sí. Nos las enseñaban en la escuela. Nuestra profesora
de pre escolar. Era buena y noble. No recuerdo su nombre porque todos le llamaban nenita o algo así. Vivía
cerca y siempre era dulce y amable. Hasta que decidió
también irse para los Estados Unidos. Entonces nos sacaron un día del aula y nos formaron frente a su casa. Y
nos dijeron que repitiéramos las consignas.

Cuando me sacaron de la formación yo no quería
irme. Cuando se tiene cinco años se está mejor en lo

que se conoce. En la escuela y en la fila con tus compañeros. Mi mamá me había sacado de allí. Habló con los profesores y pidió que me sacaran. Dijo que yo no iba a formar parte de aquel horror. Y no le pasó nada. La gente dice ahora que gritó por miedo. A mi madre no le pasó nada, no gritó y me sacó de esa fila. Mi madre nunca tuvo miedo. Y no tenía espacio en su corazón para odiar a otra persona que no fuera mi padre. Por eso no grité nada. Y he olvidado las consignas.

Cuando en la Estación los policías apuntaron a Manuel con sus armas recordé claramente aquel momento. También recordé el 8 de agosto de 1992. La única vez después del 59 que la gente salió a protestar a la calle. Yo estaba en Centro Habana cuando pasó todo frente al Hotel Dubil. Toda la calzada de Malecón se llenó de gente gritando abajo Fidel. Después llegó la policía y aquello fue como una bronca tumultuaria. Luego llegaron tipos vestidos con el uniforme de un contingente de la construcción. Más tarde se supo que eran de la brigada especial de la policía. Los mismos que ahora tenía enfrente.

Por eso pensé en un universo donde después del maleconazo la gente siguió protestando y la Revolución terminó siendo un estado policial. Dejé caer a todos los que trabajaban en la Estación en medio de la Plaza de la Revolución. Sin armas y sin cascos de no-pensar. En medio de una turba frenética que bajo el sol del 2014 abucheaba a Raúl Castro como antes abucheó a Fidel. Y luego los chorros de agua, los carros blindados anti disturbios y las tropas antimotines. Vi al capitán Fonseca caer al suelo de un bastonazo de un policía con peto, casco y escudo. A Roberta Valenzuela la golpeó una granada de gas lacrimógeno y a uno de los de la brigada especial le acertó una bala plástica en la sien. Tomé a Manuel y lo aparté de los antimotines. Nos mezclamos con la masa que lanzaba piedras y botellas incendiarias llenas de gasolina. Entre el humo y los disparos alguien gritó:

—¡Tanques! ¡Vienen los Tanques!

Y vi el primer T-72 doblar por la avenida de Rancho Bolleros en dirección a la multitud. Y los gritos de horror, los empujones y la histeria masiva. Tropecé y caí. Arrastré a Manuel conmigo. Nos pisaron mientras la masa ciega corría como una manada de búfalos descontrolada. Manuel me levantó y corrimos en diagonal. Hasta que nos topamos con el frente de los antimotines.

Aquello era como una cacería de búfalos o bisontes. La manada huía de los tanques para caer en manos de las tropas antidisturbios formadas en forma de cuña para romper la masa de gente en dos. Los camiones que lanzaban chorros de agua hicieron el resto.

—Uno a cero en contra del Pueblo —dijo Manuel en un rapto de ironía, justo antes que un chorro de agua a presión lo lanzara hacia atrás.

El golpe llegó desde donde menos lo esperaba. Uno de los manifestantes, todo empapado de agua y con la sien partida por una bala de goma terminó dándole un piñazo en el ojo.

—¡Maldita puta! —gritó como un poseído—. Todo estaba bien. En lugar de estar en las calles cogiendo sol y cargando delincuentes estaba en la Estación. Solo había que garantizar la seguridad. Habríamos sacado a tu novio de allí y punto. Pero no —aún yo estaba en el piso cuando la bota me golpeó las costillas. No se rompió nada, pero fue doloroso—, tú tenías que quitarte el casco y pensar en un infierno como este.

Volvió a alzar el pie pero Manuel saltó sobre él y lo agarró por el cuello.

—¿Crees en serio que puedes conmigo, Abelardito[1]?

De un hábil movimiento de judo Manuel fue proyectado por encima del policía de la brigada especial.

—Yo lo tenía todo, era la ley, las calles eran mías. Y aquí solo soy un delincuente. Un comemierda más.

—Yo puedo cambiar eso —dijo Manuel desde el piso y acto seguido comenzó a gritar— ¡Auxilio, este es un guardia, es de la policía y está vestido de civil! ¡Auxilio que me mata!

La multitud que nos rodeaba se volvió hacia el agente de la brigada especial quien se puso muy pálido. Alguien le lanzó un ladrillo que apenas eludió. Tras él otro alzó un tubo de metal y le golpeó la nuca. Otro le golpeó en el estómago y pronto una multitud lo golpeó hasta que cayó al asfalto. Y siguió golpeándolo en el suelo hasta que las granadas de gas pimienta dispersaron la multitud.

—Uno a uno y el Pueblo empata —dijo Manuel cuando llegó a donde yo estaba tirada. La policía estaba a unos tres metros de nosotros y hacían sonar sus bastones contra los escudos—. Tranquila, yo me encargo de todo.

Entonces me sacó. Recordé que una vez fuera de la Estación cualquiera podría cambiar de realidad. Simplemente no se me ocurrió. Llevé ese día a todos al infierno y fue Manuel quien me sacó de allí.

---

[1] Forma cubana para decirle *nerd* a una persona.

## FRAGMENTOS DE LA BITÁCORA DE LA OCTAVA EXPEDICIÓN

### Penúltima entrada.

Solo quedamos dos. Estamos en la habitación del portal de paso. Aguardamos uno frente al otro, sentados en el piso, y con la valija de astronauta de Matienzo entre nosotros. Esperamos que aparezca otro universo. Nos vigilamos mutuamente para no escoger el nuestro.

—¿Cuánto falta? —digo.

Estoy cansado del silencio incómodo.

—Diez minutos. Sabes que la Estación activará esa cosa antes de que aparezca el portal.

—Lo sé.

—¿Qué piensa hacer, ingeniero?

—La pregunta es por qué tú no has subido esas escaleras y discado en el dodecaedro el universo utópico con que sueñas.

—Me preocupo por el universo que dejo atrás. En lo personal, pienso que da igual a quién entregas tus lealtades, siempre que tengas lealtades. Me preocupa qué harás tú. No te he visto seducido por ningún mundo probable.

—No sé si te das cuenta, pero en todas esas utopías hay algo del pasado. Antes de la Revolución todo estaba mejor, antes de la caída de la URSS todo estaba mejor. Todos son mundos construidos en base a una utopía del pasado. Yo crecí en un solar de la Habana Vieja. Era un pasillo con varios hogares, cada uno de una habitación. Un patio central y un baño colectivo. Para mí las cosas siempre estuvieron mal. Los pobres la pasaban mal en los años cincuenta, pusieron los muertos en Girón, la Crisis de Octubre y la Campaña de Alfabetización. Doblaron el lomo cortando caña en la zafra del '70 y volvieron a poner los muertos en la guerra de Angola cuando los ochenta. Y los barrios marginales siempre han sido marginales. Lugares donde viven diez familias juntas. No tuvieron un baño dentro de las casas hasta que despenalizaron el dólar en los años noventa. Yo he sido pobre siempre. Me crie en el «mal ambiente» de Centro Habana. Mi padre no estudió en una de las escuelas Baldor, de antes de la Revolución. Yo no fui a la escuela vocacional V.I. Lenin. Nunca pertenecí a ninguna élite. Me gradué de ingeniería en la CUJAE rodeado de niñitos bitongos clase media revolucionaria. Siempre he sido un extranjero en tierra extraña, y solo me fue bien cuando el período especial, que me puse a fabricar antenas parabólicas, porque la gente las pagaba caras para ver los canales de la TV extranjera desde el repetidor del Habana Libre. Yo entiendo tu preocupación, joven de la izquierda progresista. Y me haré cargo. Garantizaré que se cumpla la misión. Enviaré por el hueco de gusano toda la información que has recopilado. Mandaré de vuelta a la Cavidad tu valija de cosmonauta con todos tus apuntes y la evidencia recopilada. Garantizaré que los encargados del universo que dejamos atrás se hagan cargo de la Estación. Solo espero que sea beneficioso para alguien. Entonces discaré mi utopía y envejeceré allí. Vete ahora a tu universo utópico revolucionario, porque mi utopía es un infierno para gente como tú. Yo me mantendré firme.

—Es tan buen plan como cualquiera. Entonces me marcho ya. He preparado una caja con todos los datos recuperados y el disco duro de la primera expedición. Hay alguna evidencia física sobre las realidades alternativas. Periódicos con noticias inexistentes, objetos imposibles, todo lo necesario para que en Punto cuarenta te crean. También podrías mandar la valija de astronauta de vuelta y retirarte en la realidad alternativa que desees. Eres una buena persona. Mereces vivir en el mundo que soñaste.

—Solo una pregunta antes que te vayas.

—Tú dirás.

—¿Qué mundo escogerás?

—Uno donde nadie me encuentre cuando consigan hacer funcionar esta Estación. Uno en que tras la toma de la Habana los ingleses se queden. Lejos de todas esas mierdas políticas.

—Eso más que una utopía de la izquierda parece un sueño de la derecha.

—No es ni lo uno ni lo otro. Simplemente es un universo fuera de la política. Con un cambio ucrónico tan lejano que hace que la izquierda y la derecha parezcan juegos de niños.

—Bien pensado, oficial científico. Espero que sepas hablar inglés con acento británico.

## MUNDOS PROHIBIDOS.
### FAMILIA DE AUTOVECTORES= TIERRADEVASTADA.
### AUTOVALOR 0667. ESPÍN: *DOWN*

El sol caía sobre el mar y la luz naranja daba paso a una azulada. La ciudad desierta caía en la sombra a medida que el sol bajaba. A lo lejos, un F-22 volaba rasante sobre el mar.

—¿Qué Mundo es este de Tierradevastada? —dije.

—Es uno de los autovectores obtenidos como solución de la ecuación de onda asumiendo como evento ucrónico un desastre biológico a mediados de los sesenta.

—¿Un virus o algo así?

—En algunos autovalores es un virus, en otros es un prion. El caso es que toda la isla y parte de la Florida y el Caribe son todavía un espacio en cuarentena. El resto del mundo sigue su curso normalmente. Cada uno con sus características propias.

—¿Quién lo provocó?

—Ahí está lo cómico. Cada realidad se subdivide en dos. En unos fue provocado por un acto terrorista de una facción radical de cubanos en Miami, Alpha 66.

En la otra fue un proyecto secreto de Cuba que se salió de las manos. Si el espín es *up* los que están allá, fuera de la cuarentena son los rusos y el avión que viste ahora habría sido un Su-33. Mi equipo de investigación llama a esta cualidad de las realidades alternativas, espín. Pero no es un espín real, tan solo es una metáfora con la mecánica cuántica.

—Sabes que no entiendo nada de lo que hablas.

—Te explico. Normalmente tienes la ecuación de la onda de probabilidad.

—La de Todos los Universos Probables.

—Esa misma. Que debería llamarse ecuación de Hoffman pero la vida es así de injusta. Te la dibujo.

Trazó unos símbolos con una piedra sobre el muro del malecón. Yo no entendía los símbolos matemáticos pues era de una complejidad que me superaba. Había números, letras latinas y letras griegas. Entendía que la t bien podría ser el tiempo, la h la constante de Planck y la m la masa. ¿Pero la masa de quién? ¿De nosotros, de nosotros más la Estación, de todo el planeta?

$$-\frac{h^2}{2m} \, \Delta\psi(r_n, t) + V(r_n)\psi(r_n, t) = ih \frac{\delta\psi(r_n, t)}{\delta t}$$

—Deberás usar como ecuación de frontera el evento ucrónico que desees. La permanencia de los ingleses en la isla, una revolución siguiendo el modelo de Haití o la anexión a los Estados Unidos. Cuando resuelves la ecuación diferencial obtienes varias familias de soluciones. Estos son los autovectores. En la Estación le ponen nombres como Habanaenruinas o MundosinFidel, generalmente el nombre está relacionado con el evento ucrónico que tienen los autovectores en común.

—Por eso son una familia de realidades alternativas.

—Exacto. Ahora cuando particularizas en un mundo en específico obtienes un autovalor o un mundo alternativo siempre centrado en la Habana. Así:

$$\psi(t) = \sum_n \sum_i C_{n,i}\varphi_{n,i}e^{\frac{-iEnt}{h}}$$

Siguió escribiendo galimatías matemáticos en el muro. Quería detenerlo, decirle que no tenía sentido explicarme nada. Que yo era bruta. Bruta y plástica. Y lo había abandonado otras veces porque solo apreciaba lo superficial de las personas. Y que él era lo contrario. Profundo, bien profundo. Suficiente para ahogarme en él. Pero estaba emocionado, como si la explicación no fuera para mí sino para alguien más que nos espiaba, o moraba dentro de él.

—Resulta que a veces un mismo autovalor se divide en dos. Y la ecuación toma la forma de un espinor de Pauli.

Trazó nuevamente. La S era por *spín* que significa en inglés giro, o algo parecido. Es una propiedad de los electrones y demás partículas pequeñitas. Pero no tiene que ver con su rotación. Es otra cosa rara y abstracta que mi profesor de física nunca pudo explicarme y que lo entendiera. Lo que sí recuerdo era que solo había espines de dos tipos *up* arriba, y *down* abajo. Que es para donde apuntaba un vector parecido al momento angular pero que no era nada de eso. Una locura que también funcionaba para la física de los mundos alternativos, por lo visto.

$$S = \frac{h}{2} \iiint (\psi_1\psi_0^* + \psi_0\psi_1^*)\, dV$$

—¿Entonces ese mundo alternativo se divide en dos mundos con realidades diferentes?

—Dos mundos pero la misma realidad. Solo que una tiene su espín *up* y la otra *down*.

—No lo entiendo.

—El mejor ejemplo está en un Mundo Prohibido cuya familia de autovectores se llama Mundosdelché. Es una solución de la ecuación de onda con pocos autovalores. Pero cada uno es doble.

—Por el nombre imagino que se trata de una Revolución cubana encabezada por Ernesto Guevara.

—Fidel muere entre 1962 y 1965, según el autovalor. En unas realidades por un atentado, en otros de una enfermedad. El caso es que el Ché Guevara asume el liderazgo. Como cada autovalor es doble posee un espinor. Si es up el Ché es un gran analista que mejora la economía cubana y aumenta la eficiencia y la productividad. Si es *down* es un dictador sanguinario que rige el país con mano de hierro realizando periódicamente ejecuciones públicas y televisadas de los enemigos del sistema. Fuera de eso es el mismo universo. Hasta en el color de las etiquetas de la cerveza.

—Ya veo por qué es un mundo prohibido.

—Todas las familias de mundos generados a partir de eventos ucrónicos de origen político son Mundos Prohibidos. Es donde desertaron las ocho expediciones. En Cuba todo es político y pasional. No puedes enviar gente a esos universos porque de un modo o de otro desertarán. Da lo mismo si son utopías socialistas de la izquierda que sueños liberalistas de la derecha.

Hubo un silencio incómodo. Después de tanta física de realidades alternativas yo no tenía mucho que agregar. Entonces habló.

—Por cierto. Gracias. Me salvaste en la Estación.

—Y tú a mí en ese infierno.

—No conozco esa solución de los mundos de Periodoespecial. Imagino que es un lugar nuevo que creaste al colapsar la ecuación de onda. Igual, esperaba que los Soñadores aparecieran pero se me escapa la jugada apropiada.

—Yo te abandoné en la secundaria. Renegué de ti que eres mi mejor amigo.

—En cierto modo eso me hizo fuerte. En su momento te odié, pero todo quedó atrás.

Me tomó por la cintura y tiró de mí. Me puse nerviosa de momento. No era el Manuel nerd de toda la vida. No era el amigo de la infancia que siempre me perdonó no tenerlo en cuenta. Era un hombre. Muy inteligente pero igualmente un hombre.

—Siempre quise hacer esto.

No me queda claro si quería que me besara o estaba esperando una justificación para librarme. Con Manuel las cosas siempre serán confusas. El caso es que una idea llegó a mi mente y no pude contenerme. Tenía que decirla. Tenía ante mí al hombre más listo de mi vida y cuando tenía una idea inteligente no podía callármela por culpa de un simple beso. En mi vida había tenido muchos besos buenos pero pocas ideas geniales.

—Volvamos a la Estación —dije.

—¿Qué dices, estás loca? —me soltó de un tirón cuando lo dije—. Nos meterán presos.

—No hay nadie allí. Llevé a todo el personal a ese mundo de Periodoespecial. A menos que envíen gente por el puente Einstein-Rosem. Si lo que leí en la bitácora de la octava expedición es cierto el tiempo se detiene cuando no hay nadie en la estación. Así que si volvemos ahora estará vacía.

—Eso es imposible, no hay evidencia de que el tiempo pueda detenerse...

—En tus ecuaciones no, pero los instrumentos de medición de las siete expediciones que fracasaron lo demuestran. Todas se detenían cuando la Estación quedaba vacía y volvían a contar el tiempo cuando se abría un puente desde la Cavidad. Incluso las baterías no perdieron carga. Eso es un hecho documentado. Tengo entendido que los científicos solo creen en los hechos y mediciones repetidas en el tiempo.

—Sí.

—Pues todos los objetos de medición del tiempo se detuvieron dentro de la Estación apenas el personal humano la abandonó. Es un hecho.

—Pero es imposible.

—Imposible es que todos los equipos que miden el tiempo, desde relojes mecánicos y digitales hasta computadoras y celulares se rompan a la vez y le dé por detenerse simultáneamente.

—Acabas de pasarle la navaja de Ockham a mi teoría. La solución más fácil es asumir que el tiempo se detiene por alguna razón. Después dices que eres bruta. Vamos a la Estación.

—¡Espera! Explícame eso de la navaja de Ockham...

# EL REGRESO A CASA

Cero minutos.

Se abre el segundo puente Einstein-Rosem.

El portal aparece ante mí como un pozo negro que da a lo profundo del océano. Un océano de leyes cuánticas que puede llevarme a casa. Una casa que ya no me queda claro que sea mía. Una realidad y un universo que no estoy tan seguro de si es el universo cero o solo es otra función de onda colapsada por la mente de uno de los Ingenieros.

Más que Ingenieros debían decirles los Soñadores. Debieron ser seres con una imaginación muy grande y un control de sus emociones enorme para poder controlar el dodecaedro. A lo mejor existen otros lugares del planeta con estaciones remotas de los Soñadores que acceden a la Estación. A lo mejor los alemanes o los japoneses pueden aprender a usarla sin caer víctimas de sus emociones y frustraciones sociales. Pero en Cuba las cosas son diferentes. Aquí si no se hacen las cosas con el corazón, no se hacen. Aquí todo es personal. Y si hay algún Soñador controlando este experimento desde un sitio remoto entre la red de realidades cuánticamente probables ya debe estar tachando a los cubanos de la lista de sus semejantes.

Me quito la chapilla y la pongo dentro de la valija de cosmonauta de Matienzo. Agrego algunas cosas a las que Matienzo ha colocado. Como todas las chapillas de los exploradores de las siete incursiones anteriores. Al parecer, la Estación las consideraba un instrumento de medición o un arma, porque siempre se quedaban aquí. Las pongo junto a los sellos del Festival Mundial de la Juventud en Europa del Este. Junto a periódicos de West Cuba, territorio de ultramar británico. A banderas maoístas cruzadas con banderas cubanas, a postales de la Habana con el águila imperial posada sobre el monumento a las víctimas del Maine. Recortes de periódicos sobre un Cienfuegos radiactivo tras la explosión del reactor nuclear de Juraguá. Estudios antropológicos de la Universidad de la Habana que demuestran que si no hubiera sucedido la Revolución de Aponte, los blancos en Cuba habrían empobrecido el país después de independizarlo de España. Collares tribales tallados con huesos de infantes de marina en el desierto radiactivo donde una madrugada de un octubre se desató el infierno nuclear.

Agrego mis propios registros. Mi bitácora personal. Un viejo iPod con las grabaciones de mis pensamientos en voz alta y mis discusiones con Bacallao, todas llenas de malas palabras. Nadie podrá atraparme ya para censurarme así que se las dejo. Lo importante es que sepan lo que pasó.

Toda una caja llena de recuerdos de nunca jamás, de suvenires de ninguna parte. La lanzo al portal y espero a que se cierre. El mensaje es claro y de acuerdo a lo pactado. Devolver las chapillas a través del portal de paso indica un peligro imposible de controlar. Si siguen el protocolo establecido no mandarán a nadie más. Cerrarán Punto cuarenta y sellarán el túnel estratégico que abrieron los rusos en los años noventa. Nosotros descubrimos el enclave subterráneo alienígena en el corazón de las lomas del Escambray. Pero fueron los rusos los que lo escavaron. Solo lo descubrimos porque la URSS se cayó tres meses antes.

Nadie más vendrá. Solo espero que no haya otras bases extraterrestres enterradas en otros países. Y si las hay, espero que sean países pobres y bien jodidos para que la gente pueda escapar a través de ellos hacia la utopía.

Claro, siempre existe la posibilidad de que la codicia de saquear otros mundos pueda más que el temor a lo desconocido. Hay gente inteligente allá abajo que podrían aprender a controlar el motor cuántico. Matienzo pensaba que se podría. Yo creo que si fuésemos tan inteligentes tendríamos ya un premio nobel de Física.

Se cierra el portal de paso y camino lentamente por la Estación.

He conseguido pasar el examen de los Ingenieros. He vencido la tentación de Todos los Mundos Posibles. He aprendido a usar el dodecaedro. Llego a la sala común y camino hacia la escalera. Sin embargo, nada de eso es cierto. He vencido, sí, pero en Cuba todo es emocional. Todo es personal. Solo espero que el sistema no entre en hibernación antes que yo pueda discar en el dodecaedro mi utopía particular.

## LOS SOÑADORES

La Estación está a oscuras, hibernando por primera vez desde 2013. Todo está apagado y los equipos, instrumentos, armas y cascos de no-pensar están desperdigados por el suelo. El tiempo se ha detenido. Los cuarzos de los relojes y las baterías de litio de los teléfonos no oscilan. Nada se mueve porque no transcurre el tiempo. Para nosotros sí. Pero es por otra razón. Manuel ya tiene una teoría y dice que en nosotros transcurre un tiempo relativo desfasado del tiempo de la Estación. Los Físicos siempre sobrevivirán a los derrumbes de las ideas. Tienen mucha imaginación.

La causa de que el tiempo no transcurra está frente a nosotros. Es un Soñador, un Ingeniero, o un Observador. Da igual como lo llame. Puede controlar la Estación y el tiempo dentro de ella con la fuerza de su mente. Posiblemente quiere hablar con nosotros antes que en Punto cuarenta activen un Puente Einstein-Rosem para averiguar qué pasó con su personal arriba.

El Soñador luce como una persona normal. Ni siquiera su ropa es estrafalaria. Es alguien que podrías encontrarte en cualquier lugar, en la calle, en un cine, en una tienda, y seguirías de largo. Es la cualidad necesaria para poder observarlo todo. Ya ahora ni siquiera considero que el universo en el que nací sea real. Bien podría ser la solución de una ecuación de onda superior colapsada por la mente de uno de estos super-seres con una super-imaginación.

Manuel está emocionado. Ha esperado toda su vida por esto. Ha soportado trabajar con militares, policías y oficiales de inteligencia. Se ha limitado de publicar sus resultados en revistas científicas obedeciendo la estúpida confidencialidad. Todo para poder llegar a este momento. El momento en que un Soñador decide que eres lo suficientemente listo, o extraño, como para hablarte.

—Sus ecuaciones son impresionantes —le dice a Manuel—. Con algunas imprecisiones pero sencillamente visionarias.

—¿Imprecisiones?

—Tuvo la solución de todo delante de sus ojos pero al parecer los árboles le impedían ver el bosque. El universo de Todos los Mundos posibles se basa en el principio que ustedes conocen como anti-navaja de Leibniz, o Principio de plenitud, que establece que *Todo lo que sea posible que ocurra, ocurrirá*. La física de esto es muy parecida a la de las partículas sub atómicas. Disciplina muy desarrollada en su línea de realidad durante la primera mitad del siglo pasado.

—¿Mi línea de realidad?

—¿Acaso una mente tan organizada como la suya puede considerar probable que su imperfecto mundo es el mundo cero. La base ortonormal de la métrica del universo. Ambos sabemos que eso es bien improbable. Ni siquiera mi mundo es la realidad cero. Pero volvamos a sus imprecisiones. Usted consideró un análogo de la llamada ecuación de Schrödinger para Todos los Mundos Posibles y obtuvo soluciones. En realidad así trabaja el motor cuántico de esta Estación. Así como los motores cuánticos de todos los mundos en los espacios de Hilbert de orden uno.

—¡Claro! Hay más mundos posibles con una complejidad superior... La ecuación de Dirac.

—Exacto, muchacho. Tenías todo delante de ti. Los mundos de Hilbert de orden uno, como el tuyo que es suficientemente complejo como para generar una función de onda con múltiples soluciones en un conjunto finito de eventos ucrónicos, son a su vez soluciones de ecuaciones de Dirac.

—¿Entonces hay Mundos en espacios de Hilbert de orden dos que generan universos como el nuestro que a su vez genera espacios de Hilbert de orden inferior como familias de autovectores ucrónicos...

—Y por encima de este hay espacios de Hilbert de orden tres y cuatro. Pero la matemática se vuelve más compleja.

—¿Y cuántos hay? —dije yo—. A lo mejor la pregunta es tonta pero... ¿se sabe cuántos espacios superiores hay?

—Esa es la pregunta que nosotros estamos trabajando en responder, señorita. Cuántos hay u cuántos de pueden generar. Para eso creamos estas estaciones. Y claro, para reclutar mentes que llegan muy lejos pese a lo rustico de la matemática de su universo. Como me pasó a mí y cómo le pasará a él, que vendrá con nosotros y con el tiempo será un Observador. En cuanto a usted, señorita. Ha demostrado que puede manejar este espacio de orden uno maravillosamente. ¿Ya resolvió el enigma de por qué las realidades siempre son en la Habana?

—Creo que sí. Verá, creo que está relacionado con la ubicación de la Cavidad. En lo personal dudo que solo exista una Cavidad precisamente en Cuba. Creo que hay cavidades en varios sitios del mundo y el pueblo que los descubra generará mundos de orden inferior centrados siempre en la ciudad que considera capital de su pueblo. Pese a que la cavidad se encuentra más hacia el oriente de la isla no hay universos centrados en Santiago de Cuba. Creo que los rusos descubrieron su cavidad y rompieron algo del mecanismo del puente Einstein-Rosem. Entonces vinieron a Cuba a buscar otra cavidad. Posiblemente tenían enclaves secretos como Punto cuarenta por toda Europa del Este. Nosotros solo tuvimos suerte y llegamos primero.

—Cientos de cavidades una Estación. Los más emprendedores se quedan con todo.

—O los más suertudos.

—Para nosotros tener suerte es lo mismo que ser emprendedor. Es difícil de explicar pero muy cierto si se piensa en nuestros términos. Bien señorita. Ha pasado la prueba. Es oficialmente la guardiana de la Estación. Aprenderá a usar el motor cuántico con la fuerza de su mente. La Estación le obedecerá ciegamente. Puede variar su órbita, decidir qué cavidad realiza un puente Einstein-Rosem y cuál no. Tendrá total control sobre todo su espacio de Hilbert. De más está decir que estará siendo observada. Pero confiamos en que le irá bien en su nuevo puesto. Ahora si me lo permite debo llevarme a su amigo para comenzar su entrenamiento para resolver los secretos de Todos los Universos Posibles. Pero no se preocupe. Los dejaré despedirse. Después de todo. El tiempo no está corriendo.

—Así que este es el final. Tú serás un Soñador y yo la Guardiana de la Estación.

—Habría preferido quedarme en un autovector olvidado contigo. Pero la Estación se habría vuelto a llenar de gente. Cubanos o rusos, lo mismo da. Es mejor que sea así. Tú siempre me has resultado esquiva. Por una cosa o por otra.

—De veras lo siento. Nunca fue mi intensión. Realmente habría preferido quedarme contigo en un mundo lejano. Pero nunca se me dieron los finales felices. Ahora tengo que recuperar a todos los que estaban en viaje por los autovectores autorizados y devolverlos a la Tierra. Configuraré el puente Einstein-Rosem para que sea permeable en una dirección. Por mal que me caiga tengo que sacar al personal que queda en Periodoespecial.

—Toma esta dirección.

—¿Qué es?

—Un autovalor de la familia de Periodoespecial. Creo que es donde está tu padre. Me costó trabajo dar con él. El viejo es realmente un tipo hábil.

—Trataré de ir a verle cuando haya limpiado todas las realidades alternativas de intrusos. Bien, parece que este es el final.

—Sí, así parece.

—¿Vas a besarme o no, Manuel Hoffman?

## MUNDOS PROHIBIDOS.
## FAMILIA DE AUTOVECTORES= PERIODOESPECIAL.
## AUTOVALOR 0017

*Las primeras semanas me dediqué a desbloquear telé-*
*fonos celulares. Cuando prohibieron los Smart Phones*
*me dediqué a inventar módems con decodificadores*
*para las wifis de los hoteles. El trabajo me dio el dinero*
*suficiente para hacer un baño independiente dentro de*
*mi cuarto. Y así abandonar el baño público del pasillo,*
*que compartía con tres familias llenas de gente. Después*
*simplemente me aburrí.*

*Cuando pusieron en la Plaza una gran tribuna para*
*festejar el aniversario cincuenta y cinco de la Revolución*
*y el veinte del Período Especial solo dijeron que habíamos*
*sobrevivido gracias a la voluntad del pueblo. También*
*prohibieron las wifi y todo tipo de redes informáticas. Le*
*dejé el negocio a uno de mis vecinos. Cuando llegaron*
*los policías con sus detectores de frecuencia se llevaron al*
*hombre incorrecto. Siempre tuve olfato para saber cuándo*
*llegaban los tiempos malos para los negocios ilegales. Y*
*veinte años de miseria lo suelen agudizar más.*

*Entonces me senté en la puerta del pasillo. Como uno de esos viejitos que esperan algo que no llega nunca. Pero ya no esperaba nada. Estaba en la realidad adecuada. Aquella en la que no llegaría ningún cambio. Simplemente me senté a arreglar cualquier cosa. Radios analógicos rusos, computadoras personales o aires acondicionados chinos. En un acto de altruismo me dio por no cobrarle a la gente. Los vecinos llegaban con cosas viejas y rotas y se iban con novedosas piezas de ingeniería del reciclaje.*

*Estaba así cuando el primer extranjero me fotografió y dejó caer un dólar por las molestias. Un dólar americano, dinero de verdad. La suerte fue que a los turistas no los prohibían nunca.*

*Así que me dediqué a sentarme todos los días en la puerta del pasillo y arreglar todo lo tecnológico que cayera en mis manos. Sin cobrarle nada a nadie. No por altruismo sino por dinero. Esta vez eran los turistas los que pagaban el show. Y al parecer había un cierto atractivo pictórico en mi trabajo, porque los extranjeros se volvían como locos. Me tiraban fotos y fotos para volver a su lejana Europa con al menos una buena imagen para poner en Facebook. Y pagaban, claro. Un negocio autentico y real.*

*Por un momento me sentí verdaderamente tranquilo. Me convertí en el héroe del barrio. Ya no era el comemierda que estudió ingeniería en lugar de lenguas extranjeras. Por una vez no era considerado un outsider. Seguía siendo yo, era importante que fuera yo mismo para mantener aquel trabajo. Pero por otra parte, me sentía tan relajado como si hubiesen legalizado la mariguana.*

*Los extranjeros, por su parte, sabían que hacían un buen negocio. Cada cable que yo soldaba, cada iPod al que*

120

*le adaptaba una batería de teléfono móvil y cada ventilador con un sensor de movimiento de Nintendo Wii que salía de mis manos, era una auténtica pieza de arte. Un ítem único. Yo no era un artista rancio y falso creado para exprimirles el dinero en aquella isla tropical. No era la mulata culona vestida como Cecilia Valdés diciendo «hola» con el acento del doblaje mexicano de barby. Tampoco era el típico cincuentón de guayabera y sombrero de yarey disfrazado de cubano y ofreciendo un tour por la Habana Vieja. Yo era real y cien por ciento auténtico. El verdadero hombre nuevo subdesarrollado que no se deja caer con las dificultades de la miseria. Un tributo a la ingeniería de barrio y a la alta tecnología de lo marginal.*

*En medio del imperio de los embaucadores amigables y la prostitución dirigida a un público específico, había logrado imponerme haciendo lo que me gustaba. Conseguí por vez primera explotar mi talento de la manera correcta. Tantos años de estudio habían dado frutos. Les demostré a todos que era un superviviente. Había encontrado una manera de sobrevivir en los nuevos tiempos que llegaban.*

*Claro, hasta que prohibieran a los extranjeros tirar fotos o a los cubanos dejárselas tirar.*

*Para entonces, ya se me ocurrirá algo.*

# ÍNDICE